The Wonderful Wizard of
OZ

綠野
仙蹤

李曼・法蘭克・鮑姆　著
Lyman Frank Baum

蕭季瑄　譯
南君　繪

CONTENTS

CONTENTS

/ 導讀 /

《綠野仙蹤》既是寓言也是童話

前台東大學兒童文學研究所教授

杜明城

　　一九八零年代後期我在坎薩斯州度過兩年遊學的生活，該州位處美國心臟地帶，平原極目，見不著一處高地。每逢盛夏，偶有午後奇觀，好端端的天氣倏然風雷大作，遠方天際捲起螺旋般的黑雲夾雜閃電，望之令人心悸，也不知道會災降何方？每當我一開口談起這段日子，不分國籍男女，總會有人插話：「喔！不就是《綠野仙蹤》的發源地！」「桃樂絲的故鄉！」這種反應令我感到興味十足，一部虛構的作品竟然可以如此的無遠弗屆，人物與地名都深植人心。儘管在這之後傑出的奇幻文學層出不窮，《綠野仙蹤》的地位仍屹立不搖，到底是哪些要素成就了它獨有的魅力？

　　故事的情節一點也不複雜，連同房舍被龍捲風拋離到遠方的女孩桃樂絲，意外的壓死女巫，得到一雙銀色的魔法鞋，帶著她的小狗托托尋找返鄉之路。沿途遇見沒有腦袋的稻草人、沒心的錫製伐木人、以及膽小的獅子，他們各自以天性的不足為憾，組成雜牌軍求見奧茲國的巫師，尋找自我完善之道。豈料這位巫師原來不過是懂腹語術的

江湖術士，裝腔作勢的要他們務必除掉另一位邪惡女巫才願意給予指點。雖然是一場騙局，但稻草人、錫樵夫和獅子卻因而克服內心的障礙，成就了新的個體。前往西方城堡剷除邪惡女巫的過程中，少不了經歷種種凶險與怪獸的威脅，但都一一化險為夷。最後，南方美麗女巫葛琳達讓他們分別成為一方領主，發揮他們各自的價值和才能，而女孩桃樂絲也借助銀鞋的魔法，回到想望的家。

　　重讀《綠野仙蹤》我恍然大悟，它不啻是美國版的《天路歷程》，只是班揚 (John Bunyan) 尋找的是天國之路，而鮑姆 (L. Frank Baum) 所求取的是智慧、情感、勇氣。前者是神聖的，後者則是世俗的。《綠野仙蹤》既是寓言 (allegory) 也是童話，但這種美國式的童話絲毫不像歐洲童話那樣沾染中世紀的遺風。災難不是妖魔作祟，而是大自然的現象。邪惡的女巫一點都不帶妖氣，既可能被天外飛來的屋子壓死，也可以被水融化而亡。奧茲國的巫師在騙術被揭穿後，乘熱氣球逃之夭夭，又帶點科學色彩。這是十足美國民族風格的童話，又有其它哪一部作品能讓我們一眼就看出文化的獨特性呢？

　　《綠野仙蹤》也很容易讓我們聯想到卡洛爾 (Lewis Carroll) 的《愛麗絲漫遊奇境》，愛麗絲滿腦子奇思異想，而桃樂絲則天真質樸。兩者可視為童話小說的雙璧，各自成為其文化的代表。桃樂絲離家不是為了探險，整部故事都以她的返鄉之路為經緯。她一心一意想的就是

回家，隱含的是美國文化極為重視的家庭價值，她的形象也就成為這種表徵。

　　或許簡潔正是《綠野仙蹤》終極魅力之所在，明晰的故事線條，素樸的人物，純真的對話，洗鍊的風格，以及獨特的民族色彩，成就了它歷久彌新的地位。

/ 推薦 /

生命中的珍寶不假外求
就在每個人的內心深處

專欄作家、繪本文學與青少年小說閱讀推廣者

黃筱茵

　　什麼樣的故事會歷久彌新，在一代又一代孩子心中留下難以磨滅的印象？讀過許多故事後，你會發現性格鮮明、情感真摯的角色最能打動人心。這些角色在故事裡的旅程與冒險，總是牽引著我們的心，讓我們情不自禁一會兒哭、一會兒笑，《綠野仙蹤》裡的桃樂絲、稻草人、錫樵夫和獅子就是如此，我們跟隨他們的腳步，歷經各種艱辛波折後來到奧茲國，最後這幾個可愛的主角不但找到自己尋尋覓覓的失落之物，讀者們也發現……原來生命中最重要的珍寶，不假外求，就藏在我們每個人內心深處，自始至終，閃閃發光。

　　這部百年經典自然有各色詮釋，金鼎獎得主南君的插畫版本，為這則說訴友誼、勇氣與真心的故事，平添了細膩的情感與俏皮卻充滿深度的立體化視角。南君塑造出的幾位主角都面容善良純淨，就連大家原本懼怕的獅子在他筆下，配上一頭紅棕色的茂盛鬃髮，都會讓人一看到就嘴角上揚。南君善於變換描繪的視角，幾幅俯瞰的場景讓敘

事充滿張力：故事一開始，堪薩斯大草原倏然颳起驚人的龍捲風，眼見黑濛濛的暴風把牛羊、屋子、稻草堆、嬰兒車，甚至水桶都捲到半空中，除了驚險萬分，也隱隱然把故事帶向奇妙的異世界空間；後來卡利達墜落河谷一景，也讓讀者屏氣凝神，望著兩隻猛獸從高空往下墜，我們跟桃樂絲他們同樣焦急恐懼，最後總算鬆了一口氣；小田鼠們協力陪著稻草人和錫樵夫一同營救在罌粟花田裡昏睡的獅子時，我們同時感受到田鼠們拉車的速度感，還有一片赭紅花海中，好友們努力救援的勇氣。這一幅又一幅盈滿情感的畫面，都讓故事更加深植人心、令人動容不已。

　　《綠野仙蹤》其實可以從各種角度閱讀，講親情與日常生活平實可貴，講生命裡真正的寶藏，也講人們多麼容易被各種外在事物與假象蒙蔽清明的判斷……不同身分背景與年齡的讀者，在一次又一次重新閱讀《綠野仙蹤》後，每次都會獲得不同的感動與啟發。不過好故事其實也未必要對讀者說教，或申論什麼人生大道理，奇妙的冒險讓人驚嘆又嚮往，讓閱讀的旅程高潮迭起，帶我們的心靈遨遊千里之外，認識許許多多奇妙的人事物，實在是太有趣了呢。

　　另外，出版者也為這個壯闊的故事設計了充滿巧思的桌遊。把故事變成多人協力的遊戲，也可以把遊戲卡牌當成一起講故事的指引卡，更讓小女孩桃樂絲與好友們的故事躍然紙上，活蹦亂跳的在我們面前上演，激發無限創意！

/ 推薦 /

躍於紙上的《綠野仙蹤》

──以時間、空間、色調、遊戲重構出的「冒險之路」

翻轉讀書繪文學工作坊負責人暨文字工作者

陳家盈

　　這是一部充滿愛、勇氣與智慧的經典奇幻故事，由文字塑造出鮮明的角色：一心想返家的桃樂絲、企盼有大腦與智慧的稻草人、渴望獲得一顆心的錫樵夫、期許自己能有勇氣的獅子，以及神祕的魔法、邪惡的女巫、意想不到的結局和突破現實的魔幻想像……想必大家對《綠野仙蹤》的奇幻歷程都不陌生。然而，當我們對故事不陌生時，賦予它新生的關鍵就顯得更為重要，於是，如何「重新詮釋經典」本身即是一場華麗的冒險。

　　翻開書頁，印入眼簾的是熟悉的開場，是即將被龍捲風吹往藍色東方之國的桃樂絲、是亨利叔叔與艾姆嬸嬸在農村的生活描述……但在這故事脈絡旁，有另一道吸引目光的力量，將文字以外的張力隱隱滲透、沉浸，那就是──一幅幅低飽和度、帶有灰色調的顏色組合──以莫蘭迪色系為基底的精美插圖。這是出自國內金鼎獎插畫家南君之手，畫風融和溫潤、魔幻與和諧，大膽的重新定調了《綠野仙蹤》的色票，並利用一種鉅細靡遺的細緻，陪伴著讀者閱讀這篇橫跨百年

的經典童話。

　　當我們乘著南君重構出的色調翅膀，便能夠以一種不同於以往的方式閱讀這個奇幻的故事；插畫在文本當中扮演著畫龍點睛的角色，它勾勒出了形象，使得讀者得以重新詮釋腦海中刻板的桃樂絲，並且將視覺上的圖像立體化，進而衍伸出更多關於故事脈絡的時空背景畫面。南君的筆觸無疑開啟了這場冒險之路的另一個可能──「遊戲性」。

　　於是四周皆為沙漠的奧茲國、東西南北各有一國、中央為翡翠城，在這樣的方位和屬性當中，空間的架構出現，亦成為了「故事遊戲化」的桌遊設計概念。說到這裡，我們會發現這似乎已經離想像中的《綠野仙蹤》很遙遠了，原本熟悉的文本彷彿被陌生化，而這條「冒險之路」也打破故事脈絡線性的規則，即將呈現在你我眼前成為遊戲，透過躍於紙上的角色棋子、地圖、牌卡、競合闖關……得以讓你我重新詮釋故事的樣貌。

　　橫跨百年的時間、奧茲國裡的空間、南君筆下的色調、《綠野仙蹤》解構成的遊戲，這些都將重構出屬於我們自己的「冒險之路」，我們就是桃樂絲、我們也可能是稻草人、錫樵夫、膽小的獅子以及擁有魔法的大巫師奧茲、邪惡的西方女巫……，總之，翻開這本不一樣的《綠野仙蹤》，運用愛、勇氣與智慧的時候到了。

/ 推薦 /

藉著一場真正的冒險，
證明自己有能力長大！

作家、譯者、愛智者書窩版主
鐘穎

　　綠野仙蹤是一份受到靈啟的作品，作者自述：「我正坐在大廳裡跟孩子講故事，突然間，這個故事閃過念頭，佔據我的心。我將孩子們紛紛趕走，從架上抓了一張紙，趕緊開始寫作。好像是故事自己在寫一樣⋯⋯」

　　從榮格心理學的角度來說，一個好的作者往往是一個好的通道，允許好點子向自己湧現，並將它妥善地表達出來。這些概念擁有自己的生命，因此創作者主要是這些概念的僕人，而不是設計者。

　　這則自己跳出來的可愛故事所訴說的，是女性的成長歷程。

　　錫樵夫、稻草人、與膽小獅象徵著女性內在的各種面向，而你注意到了嗎？他們全部是男性，換言之，女性各種陽性特質經常在社會體制的壓力下而藏匿起來，形成了一個個不滿足，且帶著缺陷的內在角色。

　　但也正是這些不滿足，帶給人們追求自我實現的動力。錫樵夫想

擁有一顆心，稻草人想要變聰明，膽小獅想要得到勇氣。

因此這篇故事才會如此引人入勝。因為我們都覺得自己不夠好，覺得自己有所欠缺，並渴望藉著一場真正的冒險，證明自己有能力長大。

這樣的「通過儀式」也可以被稱為成年禮，男性英雄藉由擊敗惡龍，拯救內心的公主，也就是他內在的女性。而女人呢？我們這個社會對女英雄故事的描述如此少，《綠野仙蹤》正好補足了這個缺口。

桃樂絲帶著這些男性的夥伴出發，故事暗示我們，只有當她內在的男性都獲得了自己想要的美德時，她才能「回家」。而回家的能力竟然一直在她身上，就是她腳底下穿的銀鞋，但她卻不曉得。

換言之，我們一直以來就有向外求取，乃至檢討他人的習慣，我們很少在關係中看見自己的錯誤，因為覺得自己總是被動，是受害者，是對方渣，我不得已，因此我們便把力量讓渡出去。

只要我們低頭，就會看見那雙具有魔力的銀鞋。只要我們誠實，就會找到同樣誠實的夥伴。

跟前跑後的托托就是那位誠實的夥伴，牠在故事中所表現的不可控，意味著本能及情感的流動。女性若拒絕被束縛在父權關係中，其首要工作除了批判體制的不寬容外，也包含去意識到這一份流動。

能夠遊戲的人才能意識到它，敢於跨界是墨守成規的對立面，唯

有如此，我們才能更深刻地去談責任。既是在關係中的責任，也是對自己的責任。

因此我們才能明白，為何奧茲沒有能力帶桃樂絲回家。因為身為男性的他，無法成為桃樂絲的楷模。她的楷模，是位居南方的善良女巫。換言之，女性必須讓自己遠離核心，不讓自己盲目地崇拜男性。

奧茲幫助了她內在的男性，但能幫助桃樂絲恢復其陰性本質的，只有她內在的偉大女性。善良、包容、誠實，然後指引她向下看。敲敲你的鞋，許下願望。

然後你就會被一陣風包圍，再度回家。

那時你不再需要魔法與那些男性的夥伴，因為它們真正成為了你的一部分，你需要的是繼續讓托托當你的朋友，讓你的本能保持流動。健康且自然地看待你的愛與欲，不企圖主導他們，但也不被它們給控制。

永遠保持好奇，因為下一場冒險，很快就會來臨。

龍捲風

桃樂絲和農夫亨利叔叔、艾姆嬸嬸一起生活在堪薩斯大草原中部。他們的房子小小的，因為用來建造的木材需要用馬車從好幾英里外的地方運送過來。房子只有四面牆、屋頂、地板；屋裡有一座鏽跡斑斑的灶台、一個放碗的櫥櫃、一張桌子、三四把椅子和兩張床。亨利叔叔和艾姆嬸嬸睡在角落的大床，桃樂絲的小床在另一個角落。屋裡沒有閣樓也沒有地窖——除了地上挖的一個被稱為龍捲風地窖的小洞，當外頭刮起足以摧毀一路上所有建築物的強風時，全家人可以躲進裡頭避難。地板中央有扇活板門，順著梯子往下便能進入狹小漆黑的地洞。

當桃樂絲站在門廊環顧四周時，放眼望去只有一大片灰暗的草原，什麼也看不見。四面八方延伸至天際線的廣闊草原上完全沒有一棵樹或一幢房子。豔陽將犁過的土地烤成一大片灰色，上頭遍布細小的裂縫。就連草都不是綠色的，因為長長的葉尖已經被曬得焦黑，使得它們整個變成了隨處可見的灰色。房子也曾經粉刷過，但油漆也被陽光曬到干裂剝落，被雨水一沖刷就掉了，現在房子就跟其他東西一樣灰暗、沉悶。

艾姆嬸嬸剛嫁過來時年輕又漂亮。這裡的烈日和強風也改變了她的模樣，將她雙眸裡的點點星光帶走，只剩下一片黯淡的灰色，雙頰和嘴唇的紅潤也都褪成了灰白色。現在又瘦又憔悴，臉上的笑容徹底

消失了。第一次見到身為孤兒的桃樂絲時，艾姆嬸嬸被這孩子的笑聲嚇壞了，每當桃樂絲歡快的笑聲傳到耳邊，她都會尖叫起來激動地一手撫上心窩；直到現在，她還是會驚訝地看著這女孩，竟然面對任何事都能開懷大笑。

　　亨利叔叔從來不笑，他從早到晚努力工作，從不知道什麼叫快樂。從長長的鬍子到粗陋的靴子，他整個人也是一身灰暗，看起來嚴肅又莊重，也很少說話。

　　只有托托能讓桃樂絲露出笑容，使她不致於變得和周遭景物一樣陰鬱黯淡。托托不是灰色的，他是一隻小黑狗，有著一身柔順光滑的長毛、黝黑的小眼睛，在滑稽的小鼻子兩側閃爍著歡快無比的神采。托托整天都在玩，桃樂絲會陪他一起玩，她非常愛他。

　　但是呢，今天他們倆沒有像往常一樣玩耍。亨利叔叔坐在門口的台階上，焦急地望著比平常更加暗沉的天空。桃樂絲抱著托托站在門邊，同樣看著天空。艾姆嬸嬸正在洗碗。

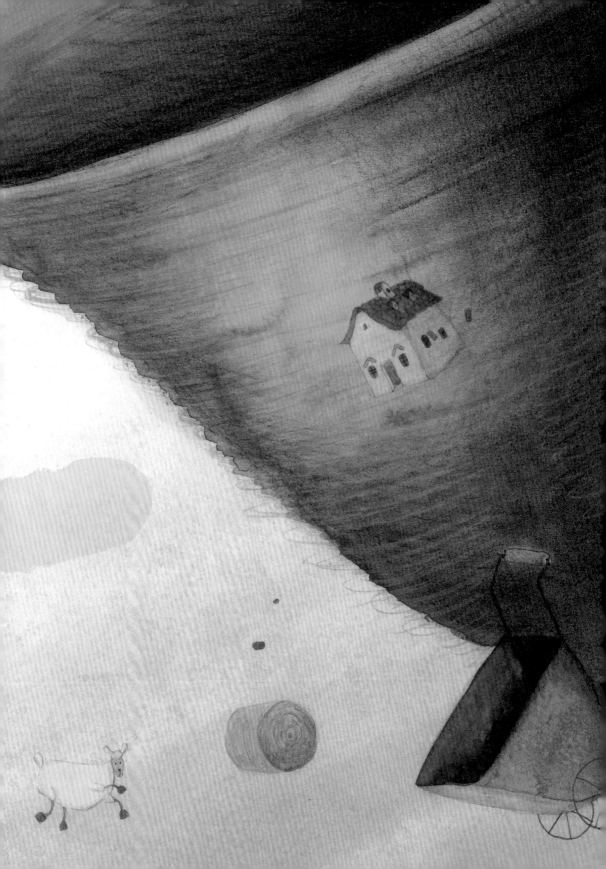

　　他們聽見從遙遠的北方傳來強風的低吼聲，亨利叔叔和桃樂絲都看見，在風暴來臨前長長的草已經被強風吹彎了腰，翻滾成一層又一層的波浪。這時，一聲尖銳的呼嘯劃破南方的天空，他們將目光轉向那頭，看見草皮也被吹起陣陣的漣漪。

　　亨利叔叔突然站起身來。

　　「龍捲風要來了，艾姆，」他大聲叫喚妻子。「我去看看牲畜。」說完，他便跑向關著乳牛和馬匹的棚屋。

　　艾姆嬸嬸放下手上的事情跑到門邊，只看一眼便知大難即將來臨。

　　「快，桃樂絲！」她大喊。「快跑，躲進地窖去！」

　　托托跳下桃樂絲的臂彎，躲進床底下，女孩伸手要去抓他。艾姆嬸嬸嚇壞了，一把拉開地板上的活板門，沿著梯子爬下去，躲進那個黑漆漆的小洞。桃樂絲終於抓到托托了，她緊跟著嬸嬸，才走到一半，忽然傳來一聲刺耳的尖嘯，緊接著房子劇烈地晃動，她站不穩腳步，倏地一屁股跌坐在地上。

　　然後，怪事發生了。

　　房子旋轉了兩三圈後緩緩飄升，桃樂絲感覺自己好像坐在一顆氣球裡慢慢升空。

　　來自北方與南方的風在房子所在處交會，房子成了龍捲風中心。一般來說，在龍捲風的中心處氣流是靜止的，可是強風在房屋四周形

成巨大的壓力，將房子越抬越高，最後來到了龍捲風的頂端，整棟房子就這樣飄浮著，像一根輕盈的羽毛，輕易地被送到了幾英里之外的地方。

房間裡一片漆黑，狂風在桃樂絲身旁呼嘯，但她發現自己挺輕鬆自在的。旋轉了幾圈後，房子嚴重傾斜了一下，她覺得自己像躺在搖籃裡的嬰兒，被輕輕地搖晃著。

托托一點也不喜歡。在屋子裡跑來跑去，一邊跑一邊大聲叫；但桃樂絲安靜地坐在地板上，等待接下來會發生的事情。

有一次托托離活板門太近，不小心掉進去，一開始，小女孩以為自己要失去他了，但很快地就看到有隻耳朵從洞口露出來，強烈的氣壓托住他才沒有往下掉。桃樂絲匍匐爬到門板邊抓住托托的耳朵，把他拉回屋裡，緊接著將門關上以免意外再次發生。

一個小時又一個小時過去了，桃樂絲慢慢克服了恐懼，但卻覺得非常孤單，狂風不停地在周圍怒吼，震得她幾乎要聾了。剛開始她還忍不住想，如果房子再次墜落，她會不會被摔成碎片。不過，幾個小時過去了，也沒有發生任何恐怖的事情，她便不再擔心。最後，她爬過搖晃不止的地板到床上躺下，托托跟著躺在她身邊。

儘管房子不停搖晃，強風呼嘯不止，桃樂絲卻閉上眼睛，很快就進入夢鄉。

遇見
蒙奇金人

桃樂絲被一陣又急又猛烈的晃動搖醒，若不是躺在柔軟的床上，她可能會因此受傷。突然而來的震動讓桃樂絲嚇得摒住呼吸，不清楚發生什麼事。托托用它冰涼的小鼻子戳戳她的臉，發出一陣悲鳴。桃樂絲坐起身發現房子不再搖晃了，屋子裡也不再一片漆黑，明亮的陽光透過窗戶照進來，灑滿了整個空間。她飛快地跳下床，跑過去開門，托托跟在身後。

小女孩驚叫一聲，環顧四周，她的眼睛越睜越大，不敢相信眼前的奇景。

龍捲風輕輕地把房子放下——以龍捲風的威力來說算是很溫柔了——放在一片奇異美麗的土地上。到處都是青翠油亮的草地，壯碩的樹木結出累累香甜的果實。放眼望去盡是一簇簇美麗的花朵，羽毛罕見而豔麗的鳥兒，在樹叢與灌木林間歡唱飛舞。不遠處有條波光粼粼的小溪，兩側綠草茵茵，潺潺溪水奔流而過像在喃喃低語。對一個生活在乾燥、灰色草原許久的女孩來說，是多麼愉悅啊。

當她杵在原地熱切地注視著眼前奇異又美麗的景色時，發現有一群她從未見過長相怪異的人朝她走過來。那些人沒有她所熟悉的成年人那麼高大，但也不特別矮小。事實上，他們和桃樂絲差不多高，以小孩的年紀來說桃樂絲是標準體型，但就外表來說，那群人年長很多。

他們當中有三個男人和一個女人，全都一身古怪打扮。他們頭戴

圓錐形的帽子，帽尖長長有頭頂上方一英尺那麼高，帽簷綴有小鈴鐺，走動時會發出悅耳的聲音。男士的帽子是藍色的，女士頭戴白帽，她身穿一件自肩膀處披有垂墜皺摺的長袍，上頭綴滿小星星，在陽光下如鑽石般閃爍。男士們的服裝和帽子一樣都是藍色，腳上擦得亮晶晶的靴子鞋口也綴有一圈深藍色飾邊。桃樂絲心想，這些男士應該跟亨利叔叔的年紀差不多，因為其中兩個留著鬍子，不過女士顯然更年長。她的臉龐滿布皺紋，頭髮幾乎花白，走路的步伐也很僵硬。

桃樂絲站在門廊沒有移動，這群人朝她走來。快走近時突然停下腳步竊竊私語，似乎不敢再靠近一步。最後，那位女士走向桃樂絲，深深一鞠躬後用甜美的嗓音說道：

「最尊貴的女巫，歡迎來到蒙奇金人的國度。我們衷心感謝您殺死了東方邪惡女巫，讓我們的人民擺脫束縛。」

桃樂絲驚愕地聽著這段話，女士稱她為女巫是什麼意思，還說她殺了東方邪惡女巫？桃樂絲是個天真善良的女孩，只是莫名奇妙被龍捲風從幾英里外帶到這裡，這輩子從來沒有殺害過任何東西。

顯然，女士期待能得到她的回應。桃樂絲遲疑地開口：「您客氣了，其中一定有些誤會，我沒有殺死過任何人。」

「不管如何，意思都一樣。瞧！您的房子做到了。」女士笑著說，接著她繼續說道，一手指向房屋的角落。「她的兩隻腳還在那裡，從

被插破的木塊下伸出來。」

桃樂絲一看立刻嚇得哭出來。就在房子橫樑底下的尖角處，兩隻腳直直凸出來，腳上還穿著尖頭的銀色鞋子。

「喔，天哪！天哪！」桃樂絲驚恐地哭出聲，難過的雙手合十。「房子肯定是墜落時壓在她身上了。我們該怎麼辦？」

「什麼都不必做。」女士冷靜地說。

「但她是誰呀？」桃樂絲問。

「如我所說，她是東方邪惡女巫。」女士回答。「多年來，她一直奴役著蒙奇金人，逼迫他們日夜為她工作。現在，蒙奇金人都自由了，由衷感謝您幫了大忙。」

「蒙奇金人是誰？」桃樂絲問。

「他們是住在這片東方土地的人民，由邪惡女巫所管轄。」

「您是蒙奇金人嗎？」桃樂絲問。

「不是，我住在北方，是他們的朋友。他們一看到邪惡女巫死了，馬上派敏捷的信使通知我，我即刻趕過來，我是北方女巫。」

「哇，天啊！」桃樂絲驚叫。「您真的是女巫嗎？」

「是的，當然了。」女巫回答。「但我是善良的女巫，人民都很愛戴我。我的法力不如統治這裡的邪惡女巫強大，要不然就可以親自解救他們了。」

「但我以為所有女巫都很壞呢。」小女孩說，面對一名真正的女巫還是有點害怕。「喔不，這是天大的誤會。整個奧茲國只有四名女巫，住在北方與南方的是善良女巫。錯不了的，因為我就是其中之一，肯定不會搞錯。住在東方和西方的確是邪惡女巫，不過其中一個被您殺死了，現在奧茲國只剩一個邪惡女巫──就是住在西方的那一位。」

「可是，」桃樂絲想了一下後開口說，「艾姆嬸嬸說好多年以前女巫們就都死了。」

「誰是艾姆嬸嬸？」女巫問。

「我的嬸嬸，住在堪薩斯，我就是從那裡來的。」

北方女巫似乎正在思索，低著頭注視著地面。然後她抬頭說道：「我從來沒聽說過堪薩斯這個國家，不知道它位在哪裡。但冒昧問一下，那是個文明的國度嗎？」

「噢，是呀。」桃樂絲說。

「那就說得通了。我相信在文明的國度已經沒有女巫、巫師、魔法師，也沒有魔術師。但您瞧，奧茲國與世隔絕，從未接受文明的洗禮，所以還存在著女巫及巫師。」

「巫師都有誰呢？」桃樂絲問。

「奧茲就是名偉大的巫師。」女巫回答，聲音低得像在耳語。「我們全部的法力加起來都比不上他，他住在翡翠城。」

　　桃樂絲還想繼續問，但原本安安靜靜站在一旁的蒙奇金人突然大吼，指向邪惡女巫躺著的房屋角落。

　　「怎麼了？」女巫問，同時轉頭往他們指的方向一看，便笑了。原來，邪惡女巫的雙腳整個消失不見了，只剩下銀色鞋子。

　　「她太老了，」北方女巫解釋，「太陽曬一下就乾枯了，她就這麼死去了。但這雙銀鞋歸您了，穿上吧。」她走過去彎腰拾起鞋子，仔細撣去塵土後遞給桃樂絲。

　　「東方壞女巫很以這雙銀鞋為傲，」其中一名蒙奇金人說，「它們藏有某種法力，但沒有人知道究竟是怎樣的力量。」

　　桃樂絲把鞋子拿進屋內放在桌上。然後又走出來，對蒙奇金人說：「我得盡快趕回到叔叔和嬸嬸身邊，他們一定很擔心我。可以幫幫我找到回家的路嗎？」

　　蒙奇金人和女巫先是面面相覷，隨後一齊看向桃樂絲，接著搖搖頭。

「在東方，離這裡不遠的地方，有一片大沙漠，沒人能活著走過。」其中一人說。

「南方的情況也一樣，」另一人接著說，「我去過，南方是奎德林人的領地。」

「我聽說，」第三個人補充，「西方一樣是沙漠。溫基人住在那個地方，由西方邪惡女巫統治，只要經過那裡就會被她抓去當奴隸的。」

「北方是我的家鄉，」北方女巫說，「那裡的邊境也是一片環繞著奧茲國的大沙漠。親愛的，恐怕您只能留下來跟我們一同生活了。」

聽到這些話，桃樂絲開始啜泣，面對這些陌生人，她感覺很孤單。善良的蒙奇金人看到她的淚水也跟著傷心抽泣。這時，北方女巫摘下帽子，帽頂朝下放在鼻尖上，以嚴肅的語氣數著「一、二、三」。此時帽子變成了一塊石板，上頭有一行大大的白色粉筆字：

「讓桃樂絲去翡翠城吧！」

北方女巫將石板從鼻尖拿下，讀出上面的文字，然後問道：「妳就是桃樂絲嗎，親愛的？」

「對。」女孩抬起頭擦乾眼淚回答。

「那麼，妳必須前往翡翠城。奧茲大巫師或許能幫妳。」

「翡翠城在哪裡呢？」桃樂絲問。

「就在這個國度的正中心，那裡由奧茲管轄，就是我剛剛說的那位偉大巫師。」

「他是好人嗎？」女孩緊張地問。

「他是位好巫師。但我不確定他是不是好人，因為我從來沒有見過他。」

「我要怎麼過去呢？」桃樂絲問。

「只能走過去。這是段漫長的旅程，一路上可能需要橫跨或是置身在一些很美好，或是很黑暗可怕的地方。不過呢，我會施展我所知道的魔法，保護妳免受傷害。」

「您不一起去嗎？」女孩哀求著，她已經把北方女巫視為唯一的朋友了。

「不，我無法跟妳一起去，」她回答，「但我會獻上一個吻，沒有人膽敢傷害被北方女巫親吻過的人。」

她走近桃樂絲，溫柔地親吻她的額頭。不久後桃樂絲就會發現，被親吻過的地方，多了一個圓形閃亮的印記。

「通往翡翠城的路鋪滿黃色磚塊，」女巫說，「妳不會迷路的。見到奧茲後不要害怕，只管說明妳的遭遇，請求他的幫助。再見了，親愛的。」

三位蒙奇金人對她深深一鞠躬，祝她有段美好的旅程，接著便穿

過樹林離開了。女巫朝桃樂絲和藹地點點頭，踮起左腳腳跟連轉了三圈，整個人就消失無蹤了。小托托肯定嚇了一大跳，女巫一消失就大聲汪汪叫，剛剛她還在時，他可是不敢發出一點聲響。

桃樂絲知道她是女巫，看到她用這樣的方式消失，一點都不驚訝。

桃樂絲
解救稻草人

只剩下桃樂絲一個人了，她忽然感覺有些餓，便走到櫥櫃前切一些麵包，抹上奶油，她分給托托一部份。然後從架子上拿下水桶，走到溪旁，盛滿一桶澄澈的溪水。托托跑到樹叢裡，對著枝頭上的鳥兒汪汪大叫。桃樂絲跑過去抓他，看到樹枝上掛滿鮮美的果實便順手摘了一些，開心地想這正是她想要的早餐呢！

她回到屋裡，讓自己和托托都喝了一些清涼乾淨的溪水，接著為前往翡翠城做準備。

桃樂絲只有一件衣服可以換洗，剛好已經洗乾淨掛在床邊的鉤子。那是一件藍白色相間的方格紋洋裝，儘管已經洗得有點褪色了，但還是件漂亮的衣裳。女孩仔細地梳洗後，換上乾淨的格子裙，戴上粉紅色遮陽帽。她在籃子裡裝滿麵包蓋上白布，然後她低頭看著雙腳，發現自己的鞋子又舊又破。

「穿這雙鞋一定走不了太遠的，托托。」她說。托托抬起頭用黑亮的小眼珠盯著她，尾巴搖呀搖，表示自己能聽懂。

這時，桃樂絲看見桌子上那雙原本屬於東方女巫的銀色鞋子。

「不知道能不能穿，」她對托托說，「這雙鞋肯定不會磨壞，正適合長途跋涉。」

她脫下舊皮鞋，穿上銀鞋，大小居然剛剛好，就像是特意為她量身定制。

最後她拿起籃子。

「走囉，托托，」她說，「我們要去翡翠城，問問偉大的奧茲，要怎樣才能回到堪薩斯。」

她關上門，上好鎖，小心翼翼地將鑰匙收在洋裝口袋。就這樣，托托乖乖地跟在身後，開始這段旅程了。

附近有好幾條路，但她很快就找到了那條黃磚鋪成的路。沒過多久，她便快步走在去往翡翠城的路上，銀鞋踩在堅硬的黃色磚頭上，發出輕快悅耳的聲響。陽光明媚，鳥兒歡唱，對於一個突然被龍捲風帶離家鄉，來到陌生國度的小女孩來說，桃樂絲沒有想像中那麼難過。

她一路走著，一路驚訝地發現四周景色如此美麗。道路兩旁豎著整齊的籬笆，全都漆成典雅的藍色，籬笆後面種植了一大片的穀物和蔬菜，顯然蒙奇金人很善於農耕，能栽培出種類豐富的作物。每隔一段時間，桃樂絲會經過一些房子，裡頭的人就會跑出來看看她，向她鞠躬致意，因為每個人都知道是她殺死了東方邪惡女巫，拯救所有人免受奴役之苦。蒙奇金人的房子樣式很古怪，全部都是圓形的，連屋頂也是巨大的圓頂，而且都漆成藍色。因為在這個東方國度，藍色是最受喜愛的顏色。

傍晚時分，已經走了一整天的路，桃樂絲累壞了，正想著不知道哪裡可以過夜，這時她走到一間房子，比她經過的所有房子都大。房

子前面的綠色草坪上有男男女女在跳舞。五個小提琴手正賣力大聲演奏，所有人都在樂聲中歡笑歌唱，一旁的大桌子上擺滿了美味的水果、堅果、派餅和蛋糕，以及各式各樣的美食。

　　人們親切地和桃樂絲打招呼，邀請她共進晚餐並留下來過夜。原來這裡是一位蒙奇金大富豪的家，他和好友們聚集在此慶祝擺脫邪惡女巫的奴役。

　　桃樂絲吃了一頓豐盛的晚餐，由蒙奇金富豪親自招待，他的名字叫巴克。吃飽後她坐在長椅上，觀看眾人跳舞。

當看到她的銀色鞋子時，巴克說：「妳一定是位偉大的女巫。」

「為什麼？」小女孩問。

「因為妳穿著銀鞋，殺死了邪惡女巫。而且妳的洋裝是白色的，只有女巫和魔法師才會穿白色衣服。」

「我的洋裝是藍色和白色的格紋。」桃樂絲一邊說，一邊撫平裙子上的皺褶。

「妳穿這樣真是太好了。」巴克說。「藍色是蒙奇金人的顏色，白色是女巫的顏色。所以我們知道妳是位善良的女巫。」

桃樂絲不知道該說些什麼才好，大家都以為她是女巫，但她很清楚，自己只是一個被龍捲風意外帶到這個陌生國度的普通小女孩。

看他們跳了一晚上的舞，桃樂絲累了。於是巴克邀請她進屋，讓她在一間有張漂亮床鋪的房間休息。床單也是藍色的，她在床上熟睡到隔天早上，托托則蜷縮在一旁的藍色地毯上。

她吃了一頓豐盛的早餐，看著小蒙奇金寶寶和托托一起玩，寶寶拉著狗尾巴咯咯大笑，逗得桃樂絲開心極了。蒙奇金人對托托很好奇，因為他們從來沒有看過狗狗。

「翡翠城還有多遠呢？」女孩問。

「我不清楚，」巴克面色凝重地回答，「我從沒去過。除非有事情需要找奧茲，不然不要接近他比較好。翡翠城肯定離這裡很遠，恐

怕需要走上好幾天。這裡生活富足安樂，妳在旅途中勢必會經過一些崎嶇又危險的地方。」

這些話讓桃樂絲有點擔心，可是她知道只有奧茲能幫助她重返堪薩斯，所以不管多難她堅決不回頭。

她和朋友們道別，再次踏上了黃磚路。走了幾英里後，她停下來休息，便爬上路旁的籬笆坐在上頭。籬笆後方是一大片玉米田，不遠處有個稻草人，高高地立在木樁上，用來嚇阻鴉雀偷吃成熟的玉米。

桃樂絲用手托著下巴，若有所思地看著稻草人。它的頭是個塞滿稻草的小麻袋，上面畫了眼睛、鼻子、嘴巴，算是它的臉。頭上戴著一頂蒙奇金人的老舊藍色尖頂帽，身上穿著一件破舊褪色的藍色襯衫，同樣塞滿稻草；腳上穿著一雙藍色舊靴子，和這裡的男人穿著一樣。它的背後架著一根木樁，將它高高豎在玉米田中。

當桃樂絲正認真盯著稻草人畫得古怪的臉時，她很驚訝，竟然有一隻眼睛對著她眨呀眨。一開始她以為自己看錯了，因為堪薩斯的稻草人都不會眨眼睛，但接著稻草人又親切地朝她點點頭。於是她跳下籬笆走向稻草人，托托繞著木樁又跑又叫。

「真是美好的一天！」稻草人用粗啞的聲音問候。

「你會說話？」女孩驚奇地問道。

「當然囉。」稻草人回答。「妳好嗎？」

「我很好，謝謝。」桃樂絲禮貌地回答。「你呢？」

「我不太好，」稻草人苦笑著說，「沒日沒夜被插在這裡嚇唬那些鴉雀，真的很無聊。」

「你不能下來嗎？」桃樂絲問。

「不行啊，木樁卡在我的背上，我動不了。如果妳願意，能幫我拿掉它，我會非常感激的。」

桃樂絲伸長雙臂將稻草人解救下來，它全身塞滿稻草非常輕。

「太謝謝妳了。」稻草人被放到地上後便說。「我好像重生了。」

桃樂絲對此很是迷惑，因為聽到稻草人會開口講話，對她又是鞠躬又是在她身旁走來走去，實在太怪異了。

「妳是誰？妳要去哪裡呢？」稻草人滿足地伸伸懶腰，打打呵欠，同時問道。

「我叫桃樂絲，」女孩回答，「我往翡翠城去，要請大巫師奧茲把我送回堪薩斯。」

「翡翠城在什麼地方？誰又是奧茲？」他問。

「什麼，你不知道嗎？」她驚訝地反問。

「當然不知道了。我什麼都不知道。妳瞧，我身體裡都是稻草，也沒有腦袋。」他傷心地回答。

「噢，」桃樂絲說，「我真為你感到難過。」

「妳覺得，」他問，「如果我跟妳一起去翡翠城，那個奧茲會送我一些腦子嗎？」

「我不知道耶，」她回應，「不過，你想的話可以跟我一起去。就算奧茲沒辦法給你腦子，情況也不會比現在更糟。」

「說得對。」稻草人說。「妳看，」他自信地說下去，「其實我不介意四肢和身體都是稻草做的，因為這樣就不會受傷啦。就算有人踩我的腳趾或是拿針戳我也沒有關係，因為我感覺不到疼痛。但我不想要被叫傻子，如果我的頭繼續塞滿稻草，永遠無法擁有像妳一樣的大腦，那我又怎麼能明白任何事情呢？」

「我理解你的感受。」小女孩說，她真心替他感到遺憾。「如果你跟我一起去翡翠城，我一定會請求奧茲盡全力幫你。」

「謝謝妳。」他感激地道謝。

他們重新上路，桃樂絲幫助他爬過籬笆，一同沿著黃磚路前往翡翠城。

一開始，托托不喜歡這個新旅伴。他圍著稻草人嗅來嗅去，懷疑稻草人身上藏著一窩老鼠，而且還不時地對著稻草人咆哮，一點也不友善。

「別理托托，」桃樂絲對著新朋友說，「他不會咬人。」

「噢，我不怕呀。」稻草人回答。「他不會弄傷我，我可是稻草

做的呢。」我幫妳提籃子吧，不用介意，因為我不會累。告訴妳一個
秘密喔，他邊走邊說：「在這個世界上我只害怕一樣東西。」

　　「是什麼？」桃樂絲好奇地問，「是製作你的蒙奇金農夫嗎？」

　　「不是，」稻草人回答，「是點燃的火柴。」

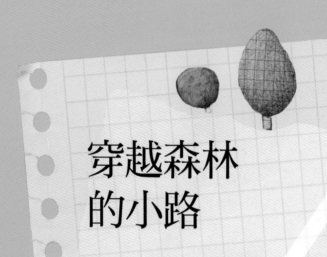

穿越森林
的小路

走了幾個小時後，道路開始變得崎嶇難走，稻草人不時地被凹凸不平的黃磚絆倒。路上的石磚有的破碎，有的整塊脫落不見，托托和桃樂絲可以跳過或繞過沒了磚塊的坑洞，但是稻草人不行。因為沒有大腦，他只知道筆直向前走，所以老是一腳踩進洞裡，整個人摔在硬梆梆的石磚上，但他沒有因此受傷。桃樂絲把他扶起來，讓他站穩後繼續走，稻草人邊走還邊打趣自己，因為跌倒一連串的意外而哈哈大笑。

這裡的農田似乎缺乏照料。他們越是往前走，房屋及果樹就越來越少，四周的景色也更加荒蕪。

正午時分，他們在溪澗旁休息，桃樂絲打開籃子從裡頭拿出一些麵包，她分給稻草人一塊，但他拒絕了。

「我從來不覺得餓，」他說，「幸好是這樣，因為我的嘴巴是畫上去的。要是為了吃東西在臉上挖個洞，就要把裡面的稻草拿出來，但那樣我的頭就會變形。」

桃樂絲一看便明白稻草人說得沒錯，她點點頭後繼續吃著麵包。

「跟我說說妳自己，還有妳的家鄉吧。」等桃樂絲吃完午餐後，稻草人說。於是她說起堪薩斯的一切，那裡是何等灰暗單調，自己又是怎麼被龍捲風帶到這個奇異的奧茲國來的。

稻草人仔細聽著，然後開口說：「我想不明白，妳為什麼會想離

開這個美麗的國度，回到那個妳口中既乾燥又灰濛濛的堪薩斯。」

「你不明白是因為你沒有大腦可以思考啊。」女孩這麼回答他。「不管我們的家鄉有多沉悶灰暗，或者其他國度何等美麗，我們還是寧可選擇生活在那裡。**家是無可取代的地方。**」

稻草人嘆了口氣。

「我當然不懂了。」他說。「如果你們的腦袋裡也跟我的一樣塞滿稻草，可能就會選擇住在這個美麗的地方吧，這樣的話堪薩斯就沒有人住了。你們都擁有腦子，堪薩斯真是幸運。」

「趁我們還在休息，你能不能講個故事給我聽？」女孩問。

稻草人有點無奈，帶著有點責備的眼神看著她，然後他說：

「我的人生還太過短暫，對周遭的種種真的是一無所知。我是前天被製作出來的，在那之前，世界上發生過的一切對我來說都是個謎。幸運的是，農夫在製作我的頭部時，先替我畫了耳朵，這麼一來我就能聽見周遭的動靜了。除了農夫還有另一個蒙奇金人，我聽到的第一句話是農夫說：『你覺得這對耳朵畫得怎麼樣？』」

「『畫歪了。』另一人回答。」

「『不管啦。』農夫說。『反正是耳朵就對了。』這話說得倒是有理。」

「『現在來畫眼睛吧。』」「農夫又說。然後他畫了我的右眼，

才畫完一停筆，我便發現自己好奇地盯著他看，還有周圍的一切，那便是我一睜開眼睛所見到的世界。」

「『這隻眼睛真是漂亮。』蒙奇金人看著農夫給出評語。『藍色正是適合的顏色啊。』」「『另一隻畫得更大一點好了。』農夫說。」

「第二隻眼睛畫完後，我看得更清楚了。接著他又畫了我的鼻子和嘴巴，但那時我還不知道嘴巴是用來幹嘛的，所以一句話也沒說。看著他們製作我的身體、手和腳很好玩，當他們裝上我的頭時，我覺得驕傲極了，以為自己和所有人一樣完整又健全。」

「『用這傢伙來嚇跑烏鴉，一定很有效。』農夫說。『他看起來跟真人一樣。』」

「『哎呀，他就是個人啊。』另一人說。」「我完全同意他的說法。農夫一把將我夾在胳膊下，走進玉米田裡，將我架在一根高高的木樁上，就是妳發現我的地方。然後，他和朋友很快就離開了，留下我一人孤零零地站在那裡。」

「我不喜歡就這樣被人遺棄，所以我試圖跟上他們。但我的腳觸不到地面，動彈不得，只能被迫待在原地。這真是段孤獨的人生啊！我才剛被做出來不久，也沒有事情能讓我思考。很多烏鴉和小鳥飛進玉米田覓食，可是一看到我又馬上飛走，大概以為我是蒙奇金人，我真是樂壞了，覺得自己的存在無比重要。不久之後，有一隻老烏鴉飛

近我，仔細打量一番後，停在我的肩膀上說：

「『那個農夫是想用這種拙劣的方式來愚弄我嗎？任何有點常識的烏鴉都看得出來，你只不過是個塞滿稻草的玩意。』說完他就跳到我的腳邊，放肆地吃起玉米粒。其他鳥兒見到烏鴉毫髮無傷，也一窩蜂飛過來吃玉米，才一眨眼的工夫，我就被一大群包圍了。」

「我傷心極了，那說明我根本就不是一個稱職的稻草人，但老烏鴉安慰我說：『如果你有顆腦子，就能跟其他人一樣優秀，甚至還勝過某些人。這世界上，唯一值得擁有的東西就是腦子了，烏鴉和人類都適用這道理。』」

「烏鴉吃飽散去後，我想了又想，決定想盡辦法也要弄到一顆腦子。幸好妳來了，妳把我從木樁上解救下來，而且聽妳這麼一說，我確信一旦抵達翡翠城，偉大的奧茲就會賜給我一顆腦子。」

「希望如此吧，」桃樂絲真誠地說，「你好像很渴望擁有一顆腦子。」

「噢，沒錯。我真的非常想要。」稻草人回應。「一想到自己是個傻瓜，真的很難受。」

「那麼，我們出發吧。」女孩說，然後她將籃子遞給稻草人。

路旁已經完全沒有柵欄了，田地荒蕪一片，毫無生機。傍晚時分，他們來到一片偌大的森林，高壯的樹木櫛比鱗次，黃磚路上籠罩著繁

密的枝葉，枝葉阻斷了日光，樹蔭下幾乎漆黑一片，然而旅行者腳步不歇，徑直走入了森林中。

「這條路能帶我們進到森林裡，沿著它也必定能走出去。」稻草人說。「翡翠城就在路的彼端，不管通向哪裡，我們跟著這條路走準沒錯。」「誰都嘛看得出來。」桃樂絲說。

「這是當然，所以我也看出來了。」稻草人回應。「如果這是需要腦子才能弄明白的事，那我永遠也說不出這樣的話。」

大約過了一個小時，光線漸漸消失，他們在漆黑的森林裡摸索著前進。桃樂絲什麼也看不見，稻草人說自己能看得很清楚，所以桃樂絲只好挽著他的手臂，跟著他平穩地往前移動。

「要是有看見房子，或是任何能過夜的地方，」她說，「一定要告訴我，摸黑走路真的很難受。」

才過了一會，稻草人便突然停下腳步。「我看到右邊有間小屋，」他說，「用樹幹和樹枝搭建的，要過去嗎？」「當然要，我累壞了。」桃樂絲回答。

於是稻草人帶著她穿過樹叢，來到小木屋。進門後，桃樂絲驚喜地發現角落有一張乾落葉堆成的床，她一躺下便沉沉睡去。從來不覺得疲倦的稻草人，直挺挺地站在另一個角落，等待黎明的曙光。

搭救錫樵夫

當桃樂絲醒來時，陽光早已穿透樹叢灑落地面，托托老早就在 屋外追著小鳥和松鼠瘋跑。她坐起身，打量了一下四周。稻草人依然站在角落，耐心地等待桃樂絲。

「我們得去找一點水來。」她對稻草人說。

「為什麼要找水？」他問。

「洗臉啊！洗掉我臉上的灰塵啊，而且我還要喝點水，不然乾巴巴的麵包會卡在喉嚨裡。」

「有一副血肉做的身體一定很麻煩吧。」稻草人體貼地說。「你們要睡覺，還得要吃飯、喝水。不過你們有大腦可以恰當地思考，如此一來那些麻煩就值得了。」

他們離開小屋，一路走過樹林，直到眼前出現一座小清泉。桃樂絲在這裡喝水、盥洗還有吃早餐。籃子裡的麵包不多了，小女孩很慶幸稻草人不必吃東西，因為剩下的麵包恐怕不夠她和托托吃一天了。

吃完早餐，正準備走回黃磚路，突然一聲低沉的呻吟從附近傳過來，桃樂絲嚇了一跳。

「什麼聲音？」她害怕地問。

「我也不知道，」稻草人說，「但我們可以過去瞧瞧。」

接著又傳來一聲呻吟，聲音似乎是來自後方。他們轉身穿過樹林，剛走了幾步，桃樂絲就發現樹叢間有個東西躺在光影裡。她跑過去又

突然停下腳步，震驚地大喊出聲。

在她面前，有一棵大樹已經被砍掉一大部份，幾乎快斷了，樹幹旁邊站著一個高舉著斧頭，全身都是錫做成的人。他的頭和四肢都完好地連在身體上，但卻一動也不動地站著，好像被釘住了動彈不得。

桃樂絲訝異地看著他，稻草人也是，托托齜牙裂嘴地狂吠，還一口咬上錫製的腿，結果弄傷了牙齒。

「剛才是你在呻吟嗎？」桃樂絲問。

「對，」錫樵夫回答，「是我。我已經呻吟超過一年了，但始終沒有人聽到，也沒人來幫助我。」

「我可以怎麼幫你呢？」她輕聲詢問，被男子傷心的語氣觸動。

「拿個油罐幫我的關節上油。」他回答。「它們鏽得太嚴重了，我完全沒辦法活動，只要好好上油，我應該很快就沒事了。妳可以在我的小屋找到油罐。」

桃樂絲馬上跑進小屋，找到油罐後又馬上跑回來。她焦急地問：「你的關節在哪？」

「先塗我的脖子。」錫樵夫說。桃樂絲開始上油，因為生鏽得非常嚴重，稻草人不得不扶住錫製的頭，慢慢地左右扳動幾次，直到能靈活轉頭為止，然後男子就能自己轉動了。

「接著塗手臂的關節。」他說。桃樂絲照做，稻草人小心地彎一

彎折一折手臂，直到它們不再被鏽卡住，活動自如像全新的一樣。

錫樵夫發出滿意的嘆息，放下斧頭將它靠著樹幹。

「真是太舒服了。」他說。「自從生鏽以後，我就一直高舉著那把斧頭，終於能放下它真是太好了。現在呢，若妳能再替我的腳關節上油，我應該就能徹底復原了。」

於是他們幫錫樵夫的雙腿上油，直到他能自由地走動。重獲自由後，他一次又一次感謝他們的搭救，他真是個真誠有禮貌，又懂得感恩的人啊。

「要不是你們過來，我可能得永遠站在這那裡了，」他說，「你們真是救了我的命。你們怎麼會來到這裡呢？」

「我們要去翡翠城找奧茲大巫師。」桃樂絲回答，「我們在你的小屋裡過夜。」

「為什麼想去見奧茲？」他問。

「我希望他能把我送回堪薩斯，而稻草人希望能從他那裡獲得一顆腦子。」

錫樵夫似乎陷入了沉思。然後開口道：

「妳覺得奧茲會給我一顆心嗎？」

「嗯，我猜應該會吧。」桃樂絲回答。「這就跟送稻草人一顆腦子一樣簡單。」

「沒錯。」錫樵夫附和。「那麼，如果我也加入你們，就可以去翡翠城請求奧茲的幫忙。」

「一起來吧。」稻草人熱情邀請，桃樂絲也表示很高興有他同行。於是，錫樵夫將斧頭扛在肩膀上，一行人一起穿過樹叢踏上黃磚路。

錫樵夫請求桃樂絲將油罐放在籃子裡。「因為呢，」他解釋，「如果淋到雨水我又會生鏽，我非常需要這個油罐。」

幸好有新同伴的加入，因為再次踏上旅程後不久，他們走到一個樹幹粗壯枝葉非常茂密的地方，把前方的道路都擋住了。他們沒辦法通過，多虧有錫樵夫，他用斧頭俐落地砍下橫擋的枝幹，替大家清出了一條路。

桃樂絲一邊走一邊想事情，想得太出神，沒有發現稻草人踩到一個坑洞，絆倒後滾到了路邊，她連忙過去扶起他。

「你為什麼不繞過那個坑啊？」錫樵夫問。

「我沒想到啊。」稻草人歡快地回答。「你知道的，我的頭塞滿稻草，這正是我去找奧茲要腦子的原因。」

「噢，我懂了。」錫樵夫回應。「但是，腦子並不是世界上最好的東西。」

「你有嗎？」稻草人問。

「沒有，我腦袋空空，」錫樵夫說。「不過，我以前有過腦子，

也有過一顆心，兩種我都用過了，現在更想要一顆心。」

「為什麼呢？」稻草人接著問。

「我告訴你我的故事吧，這樣你就明白了。」接下來，當他們一行人穿過樹林時，錫樵夫講述了下面這則故事：

「我是一名樵夫的兒子，父親在森林裡伐樹，靠賣木材維生。長大後我也成了一名樵夫，父親去世後，我一直照顧著年邁的母親，直到她過世。後來我下定決心，我要結婚不要一個人生活，這麼一來就不會孤單了。」

「有一個蒙奇金女孩長得非常漂亮，我立刻愛上她，全心全意的。而且她答應我，只要我賺到足夠的錢，為她蓋一間更好的房子，就會嫁給我，於是我更加賣力工作。可是，當時和女孩住在一起的老婦人並不希望她結婚，因為老婦人實在太懶惰了，希望女孩能一直待在身邊幫忙煮飯做家事。所以，那個婦人找東方邪惡女巫幫忙，並承諾只要能阻止女孩結婚，願意提供兩隻羊和一頭牛做為謝禮。隨後，邪惡女巫對我的斧頭施了魔法。有一天，當我盡全力工作時，因為焦急地想儘快把房子蓋好，把女孩娶回家，結果斧頭突然從手中滑落，砍斷了我的左腿。」

「一開始，我覺得這真是天大的不幸，因為少了一條腿的人沒辦法成為一名出色的樵夫。所以我去找錫匠，請他幫我做一條錫腿。我

習慣了新的腿，用起來也得心應手。但我的舉動惹怒了東方邪惡女巫，因為她答應老婦人，不會讓我如願娶走那個漂亮的蒙奇金女孩。可想而知，女巫再次施法。當我再次伐木，斧頭又滑落砍斷了我的右腿。我又去找錫匠，他又替我做了一條錫腿。之後，被下了詛咒的斧頭接連砍下了我的雙臂，但這沒什麼好氣餒的，我又有了錫製的手臂。最後，邪惡女巫讓斧頭砍下了我的頭，我以為自己死定了，結果錫匠恰好路過，替我做了一顆錫腦袋。」

「那時，我以為自己終於擊敗了邪惡女巫，比以前更投入工作，但我輕忽了，完全不知道敵人是多麼地殘忍。她又想了一個惡毒的辦法，切斷我對美麗的蒙奇金女孩的愛戀。這次我的斧頭滑落，劃穿了我的身體，將我整個人劈成兩半。錫匠再次前來幫忙，給了我錫製的軀體，用關節把錫做的四肢和頭部都接上去，這麼一來我就能如往常一樣自在活動了。可是呢，唉！我沒有心了，對蒙奇金女孩不再有愛意，也不在乎是否能娶到她了。我猜啊！她應該還和老婦人住在一起，等著我去找她吧。」

「我錫製的身體在陽光下閃閃發亮，我驕傲極了，也不用擔心斧頭會不會滑落，因為它已經傷害不了我了。只有一個風險，我的關節會生鏽，但我在屋裡準備了一個油罐，需要的時候就幫自己塗塗油。好景不常，有一天我忘記上油就碰上一場暴風雨，還沒意識到危險將

至，淋溼的關節就生鏽了。我動彈不得，就這麼站在樹林中直到你們前來幫助我，那真是一場慘痛的意外。不過，困在樹林裡的一年間，我有了思考的時間，我認清自己最大的損失就是少了一顆心。**戀愛時我是世界上最快樂的男子，可是沒有心的人不會去愛，也不能被人所愛**。所以我決定請奧茲給我一顆心，如果他答應，我就回到蒙奇金女孩身邊，然後娶她為妻。」

桃樂絲和稻草人都對錫樵夫的故事很感興趣，現在他們都清楚他這麼渴望一顆心的原因了。

「我的選擇不變，」稻草人說，「我要的是腦子而不是心，因為傻瓜不知道心可以做什麼。」

「我會選擇一顆心，」錫樵夫反駁說，「因為腦子不會使人快樂，而快樂是世界上最棒的事。」

桃樂絲不發一語，因為她很困惑到底哪個朋友才是對的，所以決定只要能回到堪薩斯艾姆嬸嬸的身邊，不管是錫樵夫沒有腦子，稻草人沒有心，或者他們各得所需，對她來說都沒有那麼重要了。

她最擔心的是麵包快沒了，再吃一餐籃子就空了。稻草人和錫樵夫肯定不需要吃東西，但她既不是稻草也不是錫做的，得吃東西不然就活不下去了。

膽小的獅子

桃　樂絲和夥伴們在無止盡的密林裡穿行，腳下的道路依舊是黃磚路，但被大量的枯枝和落葉覆蓋著，走起來也不是那麼地輕鬆、順利。

　　這一帶的森林鳥兒很少，它們更喜歡陽光充足、開闊的地區。不時會有躲在樹叢裡的野獸發出陣陣低吼、咆哮聲。這些聲音令小女孩害怕地心跳加速，因為她不知道究竟是什麼動物躲藏在裡頭，托托知道，他緊靠在桃樂絲身側，甚至不敢叫回去。

　　「這條路還有多長呀？」女孩問錫樵夫，「還要多久才能離開這片森林？」

　　「我不知道，」他回答，「因為我不曾去過翡翠城。小時候，我父親去過一次，他說那是一段漫長的旅途，雖然緊鄰奧茲居住的城市景色很漂亮，卻需要跨越重重危險。現在有油罐在我就不怕了，也沒有東西能傷害稻草人，而妳的額頭上有善良女巫親吻的印記，能保護妳免受傷害。」

　　「可是托托呢！」女孩焦急地開口。「有什麼能保護他？」

　　「若他遇到危險，我們一定會保護他。」錫樵夫回答。

　　在他說話的時候，林間傳來可怕的怒吼聲，下一秒，一頭大獅子躍上黃磚路。他伸出爪子一揮，稻草人就一圈又一圈地滾到路邊，接著他又對錫樵夫發動攻擊。然而，獅子沒有料到，錫樵夫除了摔倒在

地一動也不動外，他身上沒有留下任何抓痕。

現在，小托托要獨自面對敵人了，他叫著衝向獅子，這頭大野獸張嘴想咬小狗，桃樂絲害怕托托會死，不顧危險衝上前去，使盡全力狠狠地揍獅子的鼻子，同時大吼：

「你敢咬托托！你真該感到羞恥，你一頭這麼大的野獸，竟敢咬一隻可憐兮兮的小狗。」

「我沒有咬他呀。」獅子一邊說，一邊用腳掌揉了揉被桃樂絲打痛的鼻子。

「你沒有咬，但你想咬。」她反駁道。「你不過是個塊頭大的膽小鬼。」

「我知道，」獅子羞愧地低下頭，「我一直都知道，但我能怎麼辦？」

「我肯定不知道該怎麼辦。看到你竟然攻擊稻草人，一個用稻草填充的可憐人。」

「他是稻草做的？」獅子吃驚地看著桃樂絲把稻草人扶起來，然後雙手將變形的身材拍回原本的模樣。

「他當然是稻草做的。」桃樂絲氣鼓鼓地回話。

「怪不得這麼容易就被摔飛出去，」獅子說，「看到他那樣翻滾，太讓我震驚了。另一個也是稻草做的嗎？」

「不是，」桃樂絲說，「他是錫做的。」然後走過去把錫樵夫扶起來。

「難怪我的爪子差點就鈍了。」獅子說。「撬到錫皮的那一刻，我的背脊一陣顫慄。那隻你拼命護著的小動物又是什麼呢？」

「他是我的狗，叫托托。」桃樂絲回答。

「他是錫做的嗎？還是稻草？」獅子問。

「都不是。他是一隻——一隻——一隻有血有肉的狗。」女孩強調。

「噢！現在仔細看，他好稀奇喔，而且是隻特別的小動物。沒有人會忍心想咬這樣的小傢伙，除非是跟我一樣膽小的懦夫。」獅子傷心地說。

「為什麼你那麼膽小啊？」桃樂絲問，她好奇地看著這隻龐大得像隻小馬的野獸。

「這是一個謎。」獅子回答。「我猜是天生的吧。森林裡的其他動物都認為我應該很勇敢，因為不論在哪裡獅子都被當成萬獸之王。我發現只要大聲地吼叫，其他生物就會害怕地閃開。儘管每次遇到人類我都很害怕，但只要我一怒吼，那人就會用最快的速度逃跑。如果有大象、老虎或是熊，想跟我打架，我肯定就會先跑開，我真是個膽小鬼。但他們只要聽到我的怒吼聲，就會逃之夭夭，當然啦，我也不

會去追。」

「但那是不對的啊！萬獸之王不應該是膽小鬼。」稻草人說。

「我知道。」獅子一邊回覆一邊用尾巴尖擦去眼角的淚水。「**這是我最大的痛，導致我活得很不開心。而且每當遇到危險，我就會害怕得心跳加速。**」

「搞不好你有心臟病。」錫樵夫說。

「有可能喔。」獅子回答。

「若你真的有，」錫樵夫繼續說，「你應該要慶幸才對，因為這證明了你有一顆心。不像我沒有心，所以也不會有心臟病。」

「或許吧，」獅子若有所思，「如果我沒有心，可能就不會這麼膽小了。」

「那你有腦子嗎？」稻草人問。

「應該有吧。但我沒有檢查過。」獅子說。

「我要去見奧茲大巫師請他給我一些智慧。」稻草人說，「因為我的頭裝滿了稻草。」

「我要請他給我一顆心。」錫樵夫接著說。

「我要請他把我和托托送回堪薩斯。」桃樂絲補充。

「你們覺得奧茲會賜給我勇氣嗎？」膽小獅問。

「就跟給我一些智慧一樣簡單啊。」稻草人回答。

「或是給我一顆心。」錫樵夫說。

「或是送我回堪薩斯。」桃樂絲表示。

「那麼，若你們不介意的話，我想跟你們一起去。」獅子說，「缺乏勇氣的生活，我實在難以忍受了。」

「非常歡迎。」桃樂絲說，「你可以幫忙趕走其他野獸。在我看來，如果他們能輕易地就被你嚇跑，應該比你更膽小。」

「確實如此，」獅子說，「但這樣也不會讓我比較勇敢，只要意識到自己是個膽小鬼，就快樂不起來。」

這支小隊伍再次啟程，獅子邁著威風凜凜的步伐走在桃樂絲身邊。一開始托托並不認可這個新旅伴，因為他忘不了，自己差點被獅子咬碎。但一段時間後他自在多了，已經和膽小獅成為好朋友。

這天剩下的時間裡，沒有再遇到其他驚險的事，一路平靜。除了有一次，錫樵夫一腳踩到地上爬行的甲蟲，就這麼把那小生物踩死了。為此錫樵夫很難過，因為他總是小心避免傷害別的生物，他一邊走一邊擦掉傷心懊悔的淚水，但這些淚水還是慢慢滑下他的臉頰，流到下巴的位置，馬上就生鏽了。當桃樂絲問他問題時，他張不開嘴，因為下巴鉸鍊處已經鏽蝕得分不開。他害怕極了，不斷地示意桃樂絲幫他抹油，但她沒有意會到。膽小獅也不知道哪裡不對勁。只有稻草人發現，隨即從桃樂絲的籃子裡拿出油罐幫錫樵夫的嘴巴上油，不久後他

又能正常講話了。

「這給了我一個教訓，」他說，「要留意自己的腳步。不能再踩死一隻蟲子或甲蟲，否則我肯定又會哭，下巴再被眼淚弄生鏽就不能講話了。」

在此之後，他走得小心翼翼，雙眼緊盯路面，只要看到小螞蟻爬行就會跨過，怕造成傷害。錫樵夫很清楚自己沒有心，所以格外謹慎，不能做任何不友善或是殘忍的事情。

「你們都有心，」他說，「有心指引，你們就不會輕易犯錯；但我沒有，所以必須非常小心。當然，等奧茲給我一顆心以後，我或許就不必顧慮這麼多了。」

尋訪
偉大奧茲
的旅程

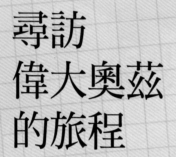

7

那天晚上，他們不得不在森林裡的一棵大樹下過夜，因為附近都沒有房子。大樹繁密的枝葉提供厚實的遮擋，讓他們不會被露水打溼，錫樵夫用他的斧頭砍了一堆木材，足夠桃樂絲把火堆燒得很旺，熊熊燃燒的火堆帶來溫暖，也讓她感覺不再那麼孤單。她和托托吃光了最後的麵包，她不知道明天的早餐該怎麼辦。

「妳想要的話，」獅子表示，「我可以去森林裡幫妳抓一頭鹿。不過妳的口味很奇怪，喜歡熟食，那正好可以用火烤熟，這樣就有美味的早餐了。」

「不要！拜託別這麼做。」錫樵夫懇求。「如果你殺死一頭可憐的鹿，我肯定會哭的，那樣我的下巴又要生鏽了。」

但獅子還是跑進森林裡，尋找他的晚餐，沒人知道他吃了什麼，因為他沒說。稻草人找到一棵結滿堅果的樹，摘了好多，把桃樂絲的籃子都裝滿了，這麼一來，她短時間內不會餓肚子了。她覺得稻草人真的很善良體貼，可是看到這傢伙笨手笨腳地搜集堅果的動作，又忍不住笑出來。稻草紮綑成的手實在不靈活，掉出來的堅果跟裝進籃子裡的一樣多。但稻草人不介意要花多長的時間才能把籃子裝滿，這樣他就能遠離營火了，他害怕火星會彈進稻草裡把他燒死。他整晚都離火堆遠遠的，只有在桃樂絲躺下去睡覺時，才走近替她蓋上枯葉。這些枯葉讓她覺得舒適又溫暖，她一路熟睡到天明。

天亮後，小女孩在碧波蕩漾的小溪邊洗了臉。不久之後，大家便朝著翡翠城繼續前進。

對這些旅行者來說，這注定是多事的一天。才剛走了一個小時，就看到一條大壕溝橫越在道路中間，將一望無盡的森林一分為二。這是一條非常寬闊的壕溝，趴在邊緣往裡頭一看，發現不僅很寬還很深，溝底有許多有稜有角的大岩石。這一側的溝壁實在太過陡峭，沒有人能爬得過去，有那麼一瞬間，他們覺得旅程似乎來到了終點。

「我們該怎麼辦才好？」桃樂絲絕望地問。

「我毫無頭緒。」錫樵夫回答。獅子甩了甩蓬鬆的鬃毛，一副若有所思的模樣。

稻草人則說，「我們肯定不能用飛的，也沒辦法爬下這個大深溝。所以說，如果不能跳過去，就只能停在這裡了。」

「我想我應該可以跳過去。」膽小獅仔細地目測距離後說。

「那就沒問題了，」稻草人回答，「你可以背我們過去，一次一個。」

「嗯，我試試看。」獅子說。「誰先來？」

「我來吧，」稻草人表示，「如果你發現自己跳不過這條鴻溝，那桃樂絲會摔死，錫樵夫會因為砸到底下的岩石而嚴重凹陷。但如果是我就沒關係了，我掉下去完全不會受傷。」

「我很怕自己掉下去，」膽小獅說，「但除了試試看之外也沒有別的辦法。所以，上來我的背，我們試試吧。」

稻草人坐上獅子的後背，接著這頭大猛獸走到壕溝邊蹲下來。

「為什麼你不用先助跑然後起跳？」稻草人問。

「因為獅子不是那樣跳的。」他回答。接著他猛力一跳，躍上半空中後安全地在另一端落地。看到他這麼輕鬆就辦到了，大家都很高興。等稻草人跳下他的後背後，獅子再次跳回壕溝這邊。

下一個輪到桃樂絲，她抱著托托爬上獅子的背，一手緊緊抓住他的鬃毛。下一秒她感覺自己好像凌空飛了起來，還沒來得及回過神就安全地落地了。獅子第三次來到原處，接過錫樵夫後，大家都坐在地上，好讓獅子有時間歇息，因為幾次來回使勁地跳躍讓他氣喘吁吁，像一隻跑了很長距離的大狗一樣，趴在地上不停地喘氣。

他們發現這側的森林似乎更濃密，看起來漆黑又陰森。等獅子休息夠了，他們再次沿著黃磚路走，每個人都在心裡默默猜想，何時才會走到森林的盡頭，再次見到燦爛的陽光。令他們更加不安的是，不久後他們聽到森林深處傳來奇怪的聲響，獅子悄悄告訴他們，卡利達就住在這片森林。

「誰是卡利達？」女孩問。

「他們是虎頭熊身的猛獸，」獅子告訴她，「又長又銳利的爪子，

能輕易地把我撕成兩半,就像我能殺死托托那樣容易。我太害怕卡利達了。」

「我不意外你會害怕他們。」桃樂絲說。「他們肯定是很恐怖的野獸。」

獅子正想回應,眼前又出現了另一條阻斷道路的壕溝。但這條壕溝更寬更深,獅子一看就知道自己跳不過去。

　　大家只好坐下來想辦法，再三考慮後稻草人開口說：「壕溝邊有一棵大樹。如果錫樵夫有辦法把它砍斷，樹幹就會倒向另外一邊，我們就能輕鬆走過去了。」

　　「這點子太棒了，」獅子附和道。「我們幾乎要懷疑你的頭裝的不是稻草，而是腦子。」

　　錫樵夫馬上動手，他的斧頭非常銳利，一下子就砍掉了大半的樹幹。接著獅子用他強壯的前腳頂著大樹，使勁一推，樹幹便慢慢地傾斜，砰一聲橫過壕溝，頂端的枝葉落在了另一側的地上。

　　大家才剛踏上這座奇怪的樹橋，突如其來的尖銳吼叫聲，使他們不約而同抬頭一望，有兩隻虎頭熊身的野獸正朝著他們飛奔過來，極其嚇人。

　　「他們就是卡利達！」膽小獅大叫，忍不住瑟瑟發抖。

　　「快！」稻草人喊道。「快走過去。」

　　桃樂絲抱著托托帶頭先走，後頭依序是錫樵夫、稻草人，最後是獅子。雖然他非常害怕，還是轉身面對卡利達，盡全力發出一聲可怕的怒吼。桃樂絲嚇得尖叫，稻草人也往後一跌，連兇猛的野獸都停下來吃驚地看著獅子。

　　短暫停頓後，卡利達意識到自己體型比獅子大，而且還是二對一，便再次衝過來。獅子跑過樹橋，回頭看看對方究竟要幹嘛。兇猛的怪

獸緊追不捨，毫不遲疑就踏上樹幹。

「我們完了，肯定會被他們的利爪撕碎。不過跟緊我吧，只要還有一口氣，我就會拼戰到底。」獅子見狀對桃樂絲說。

「等一下！」稻草人開口制止，他一直在思考最佳對策。「現在，錫樵夫快砍斷這一側的樹梢。」錫樵夫馬上舉起斧頭，就在那兩隻卡利達快要越過樹橋時，大樹轟然倒下壕溝，連帶著將那些醜陋、大聲嚎叫的野獸撞了下去，全都撞在溝底下尖銳的岩石，摔成了碎片。

「哇喔！」膽小獅鬆了一大口氣。「看來我們能多活一段時間了，真是太好了，被咬死的感覺肯定很難受。那些野獸真是把我嚇壞了，我的心還砰砰跳個不停呢。」

「噢，」錫樵夫傷心地表示，「真希望我也有心臟可以跳動。」

這段恐怖的經歷，讓每個人更急切地想離開樹林，他們走得太快，桃樂絲累壞了，不得不騎在獅子背上。令大家欣喜的是越往前走樹木就越稀疏，到了下午時分，眼前突然出現一條寬闊的河流，河水湍急。在河的另一側，他們看見黃磚路穿過一片美麗的田野，鮮艷的花朵點綴著綠草地，路旁的樹上全結滿了甜美的果實。看見這個宜人的景象真是太振奮人心了。

「該怎麼過河呢？」桃樂絲問。

「很簡單。」稻草人說。「錫樵夫可以替大家做個木筏，就能漂

流到對岸了。」

於是，錫樵夫又舉起斧頭砍斷幾棵小樹，正當他忙著砍樹準備造木筏的時候，稻草人在河邊找到一棵結實纍纍的果樹。整天只有堅果充飢的桃樂絲樂壞了，吃了一頓豐盛的水果大餐。

但造木筏很費時間，即便是錫樵夫這麼賣力地勞動著，也沒辦法在夜幕降臨前完成。所有人便在樹下找個舒適的位置過夜，桃樂絲夢到翡翠城，善良的巫師奧茲，他很快就能把自己送回家了。

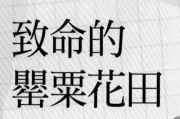

致命的
罌粟花田

隔天早上，這一小群旅人神清氣爽地醒來且滿懷希望。桃樂絲如公主一般，享用了河邊樹上摘來的桃子和李子作早餐。他們身後是先前平安穿越過的漆黑森林，雖然一路上遇到不少阻礙；但等在前方的是一片美麗且陽光璀璨的田野，似乎正在召喚他們前往翡翠城。

即使寬闊的河流把他們和美麗的田野分隔兩側，但是木筏就快做好了。等錫樵夫再多砍幾根圓木，用木釘固定好，就可以啟程了。桃樂絲坐在木筏中間，兩手抱著托托。膽小獅又大又重，踏上去後木筏嚴重地傾斜一邊，幸好稻草人和錫樵夫站在木筏的另一端才維持了平衡，他們倆人手上都拿著長竿，用來划水渡河。

一開始非常順利，但來到河流中央，湍急的水流將木筏一路推到下游，離黃磚路越來越遠，加上水越來越深，長竿都碰不到河底了。

「這下糟了，」錫樵夫說，「如果沒辦法回到岸上，就會被帶到西方邪惡女巫統治的國度，她會施展魔法把我們變成她的奴隸的。」

「那樣我就得不到腦子了。」稻草人說。

「那我就得不到勇氣了。」膽小獅接著說。

「我就得不到心了。」錫樵夫跟著說。

「我就永遠回不去堪薩斯了。」桃樂絲最後表示。

「我們一定要盡全力到達翡翠城。」稻草人說，他雙手猛推長竿，但是用力過猛整根木竿插進河底的淤泥裡。就在他思考是該用力將長

竿拔出來,或者乾脆放棄的時候,木筏被沖走了,可憐的稻草人只能緊緊攀附在木竿上,就這麼被留在了河中央。

「再見啦!」他朝著眾人大喊,木筏很快地就漂遠了。錫樵夫難過地哭了,但一想到自己可能會因此生鏽,馬上用桃樂絲的圍裙擦乾淚水。

這對稻草人來說絕非好事。

「這比遇到桃樂絲之前還糟糕。」他心想。「那時我被固定在玉米田中的木樁上,無論如何還能假裝成一個人嚇唬嚇唬烏鴉。但一個被插在河流中央的稻草人肯定毫無用處。看來,我終究是得不到腦子了!」

木筏順流而下,可憐的稻草人被拋在後頭。這時獅子開口道:

「一定得想個辦法脫困才行。我應該可以拖住木筏游到岸邊,而你們只要緊緊抓住我的尾巴就行了。」

語畢,他縱身躍入水面,錫樵夫立刻緊緊抓住他的尾巴,接著獅子用盡全力往岸邊游。儘管他很壯碩,但這仍是份吃力的工作。不過,慢慢地他們被拉離這股水流,桃樂絲抓住錫樵夫的長竿,幫忙把木筏推到岸邊。

終於上岸,踏上漂亮的草地後,大家都筋疲力盡了,也知道流水已經把他們沖離了一大段路,遠離了前往翡翠城必經的黃磚路。

「現在該怎麼辦呢？」錫樵夫問，一旁的獅子躺在草地上讓陽光曬乾毛皮。

「必須想個辦法回到黃磚路。」桃樂絲說。

「最好的辦法是沿著河流往回走，直到再次踏上那條道路。」獅子說。

於是，稍作休息後，桃樂絲提起籃子，大夥兒開始沿著青翠的河岸走，回到當初被河水帶離的原點。這一帶景緻十分綺麗，遍地鮮花和果樹，風和日麗，鼓舞著他們。若不是此刻惦記著稻草人，他們一定會非常開心。

大家盡可能加快腳步趕路，整段路桃樂絲只停下來一次，為摘了一朵漂亮的花朵。過了一會兒錫樵夫大喊：「快看！」

他們一齊看往河面，發現稻草人還站在河中央的木竿上，神情既孤單又悲傷。

「我們該怎麼救他呢？」桃樂絲問。

獅子和錫樵夫不約而同搖頭，因為他們倆都沒有答案。大家只好一起坐在岸邊，難過地盯著稻草人看，直到一隻鸛鳥從頭頂上飛過，鸛鳥看到他們，於是停在岸邊休息。

「你們是誰？要去哪裡呀？」鸛鳥開口問。

「我叫桃樂絲，」小女孩回答，「他們是我的朋友，錫樵夫和膽

小獅。我們正要去翡翠城。」

「不是走這條路喔。」鸛鳥伸長脖子，以銳利的眼神警惕地看著他們說。

「我知道，」桃樂絲回應，「但我們失去稻草人了，正在想辦法救他。」

「他在哪兒？」鸛鳥問。

「在那邊的河面上。」小女孩回答。

「如果他不是太大或太重，我或許可以幫忙把他救出來。」鸛鳥表示。

「他一點都不重，」桃樂絲急切地說，「他全身塞滿稻草。如果你能救他，我們會非常非常感激的。」

「嗯，我試試看，」鸛鳥回應，「但是如果太重抓不住，就只能再把他扔進河裡了。」

語畢，鸛鳥朝水面上空飛去，來到稻草人站立的木竿上方。接著鸛鳥用巨大鉤爪抓著稻草人的雙臂，帶著他凌空飛起，回到岸邊。桃樂絲、獅子、錫樵夫和托托坐著等他。稻草人和朋友重聚後，開心地和大家一一擁抱，就連獅子和托托也不例外。

再度上路，稻草人一邊走一邊高歌「多—滴—雷—提—嘟！」每跨出一步，他都覺得開心無比。

「我很擔心，以為要永遠待在河裡
了，」他說，「多虧好心的鸛鳥救了我，
如果有了腦子，我一定去找鸛鳥，好好答
謝她。」

「別客氣。」跟在他們身邊飛行的鸛
鳥說。「我一向喜歡幫助有困難的人。
但我得走了，孩子們正在鳥窩裡等著
我呢。希望你們能找到翡翠城得
到奧茲的幫助。」

「謝謝您。」桃樂絲回應，好心的
鸛鳥飛向空中，不一會兒就消失在視線裡。

他們繼續往前走，聽著羽毛鮮豔的鳥兒
鳴唱，看著濃密的美麗花朵像地毯般覆蓋著
前方土地，滿地都是黃色、白色、藍色和紫色
的碩大花朵，還有一簇一簇緋紅色罌粟花，色彩豔麗到幾乎讓桃樂絲
眼花撩亂。

「這些花是不是很美？」女孩問，聞著花朵的濃烈香氣。

「我想是吧。」稻草人說。「如果我有腦子，應該會更喜歡它們。」

「要是我有一顆心，定會愛上它們的。」錫樵夫補充。

「我一直都很喜歡花，」獅子表示，「他們看上去無助又嬌弱。但森林裡沒有這麼鮮豔的花。」

他們看到越來越多鮮紅色罌粟花，其他品種的花卻越來越少，不久他們就置身在一大片罌粟花田中。大家都知道，當這麼多罌粟花聚集在一起，氣味就會異常濃郁，吸入過多會使人昏昏欲睡，若沉睡的人沒有即時被帶離，就再也無法醒過來。但桃樂絲不知道，也沒辦法走出團團包圍著自己的豔麗紅花。很快地她的眼皮越來越重，很想坐下休息和睡上一覺，但錫樵夫阻止了她。

「我們得趕在天黑之前回到黃磚路。」他說，稻草人也同意。因此大家又一路往前走，直到桃樂絲再也站不住了為止。她忍不住閉上雙眼，忘記自己身在何處，很快地倒在罌粟花田中沉睡過去。

「該怎麼辦才好？」錫樵夫擔心地問。

「這麼丟下她，她會死掉的。」獅子說。「花朵的氣味會把我們都殺死。我的眼睛也快要撐不住了，而小狗已經睡著了。」

獅子說得沒錯，托托已經在小主人身邊睡著了。但稻草人和錫樵夫並非血肉之軀，完全不受花香影響。

「快跑，」稻草人對獅子說，「用最快的速度離開這片致命的花田。我們會帶著小女孩走，如果你睡著了，我們抱不動大塊頭的你。」

於是獅子振奮起身，使勁全力向前衝，一瞬間就消失踪影。

「我們用手搭成椅子帶著她走吧。」稻草人提議。他們將托托放在桃樂絲腿上，用雙手搭成坐椅，手臂當做椅背，帶著熟睡的小女孩穿過花海。

他們走呀走，偌大致命的花海包圍著他們，似乎沒有盡頭。他們沿著河岸，終於遇到膽小獅，他正躺在罌粟花叢中呼呼大睡。花朵氣味濃烈到連這頭大野獸都招架不住，最後不得不放棄，倒在距離花田盡頭不遠的地方。在他們眼前，一大片嫩綠青草在美麗的田野裡向前展開。

「我們幫不了他，」錫樵夫傷心地說，「他太重了完全扛不動，不得不讓他永遠沉睡在這裡了，也許他會夢到自己終於獲得了勇氣。」

「很遺憾。」稻草人表示。「就一隻膽小的獅子來說，他是個很棒的夥伴。即便如此，我們還是要繼續往前走。

他們將小女孩帶到河邊一處美麗的地方，離罌粟花海足夠遠，避免她又吸入有毒的香氣，他們將女孩輕輕放在柔軟的草地上，等著清新的微風將她喚醒。

田鼠女王

「我們離黃磚路應該不遠了，」稻草人站在女孩身邊說，「因為我們快走到最初被河水沖走的地方了。」

錫樵夫正要回應，突然一聲低吼傳來，他回頭一看，一頭長相奇特的野獸穿越草地，朝他們飛奔過來。原來是一隻黃色大山貓，錫樵夫斷定大山貓肯定是在追捕獵物，因為奔跑他的耳朵緊貼著腦袋，嘴巴張得很大露出兩排醜陋的牙齒，紅色雙眼像火球般發亮。當他快跑到跟前時，錫樵夫看到一隻灰色小田鼠跑在前頭，就算他沒有心，也明白大山貓不應該追殺這樣一隻可愛又無害的生物。

於是，錫樵夫舉起斧頭，在大山貓跑過身邊時迅速一砍，頓時讓他身首分離，頭顱裂成兩半滾到他的腳邊。

田鼠擺脫敵人死裡逃生後倏然停下腳步，慢慢走到錫樵夫身邊，吱吱吱小聲地說：

「喔，謝謝你！太感謝了，你救了我一命。」

「千萬別這麼說。」錫樵夫回應。「你知道嗎，我沒有心，所以會格外留意所有可能需要幫助的朋友，就算只是一

隻田鼠也不例外。」

「只是一隻田鼠!」這隻小動物氣憤地大叫。「說什麼呢,我可是女王──所有田鼠的女王!」

「噢,那真是失敬了。」錫樵夫回答,紳士地彎腰行禮。

「你救了我的命,這是個了不起又勇敢的行為,算是大功一件。」女王繼續道。

就在此時,好幾隻田鼠邁著小短腿快速奔跑過來,看到平安無事的女王便驚呼:

「噢,女王陛下,我們都以為您會被殺了!您是怎麼擺脫那隻大山貓的?」他們全都朝嬌小的女王彎下腰來深深一鞠躬。

「是這位有趣的錫人,」她回答,「他殺死大山貓救了我。所以今後你們必須服侍他,哪怕是最微小的願望也要聽從。」

「遵命!」所有田鼠齊聲回答。下一秒他們突然四處逃竄,因為托托醒來了,看到四周有一群田鼠興奮地汪汪大叫,縱身一躍跳到田鼠群裡。托托在堪薩斯時就很喜歡追逐老鼠,覺得這麼做不會造成傷害或是有什麼錯。

但是錫樵夫用手緊緊抓住托托,同時一邊大喊,「回來!回來!托托不會傷害你們的。」

聽他這麼一喊,田鼠女王從草堆中探一探頭,畏怯地問:「你確

定他不會咬我們？」

「我不會讓他這麼做的，」錫樵夫表示，「所以別害怕。」

田鼠們一個一個爬回來，雖然托托還在試圖掙脫錫樵夫的拑制，但已經不再叫了，要不是知道這個人是錫做的，肯定會咬下去。最後，一隻最大的田鼠開口：

「有什麼是我們能效勞的嗎？」他問，「好回報您救了女王一命？」

「我沒什麼需要的。」錫樵夫回答。稻草人試著想想，但腦袋裡塞滿稻草無法思考，沒多久他脫口而出：「噢，對了。你們可以救救我們的朋友膽小獅，他在罌粟花田裡睡著了。」

「一頭獅子！」田鼠女王尖叫著。「天啊，他會把我們都吃掉的。」

「噢，不會的，」稻草人說，「那隻獅子是個膽小鬼。」

「真的嗎？」一隻田鼠問。

「他自己是這麼說的，」稻草人回答，「而且他絕對不會傷害我們的朋友。若是你們能救他，我保證他一定會很友善的。」

「那好吧，」女王說，「我們相信你。但我們應該怎麼做呢？」

「這附近稱妳為女王，願意服從妳的田鼠很多嗎？」

「噢，是的，有好幾千隻。」她回應道。

「那請他們全部盡快過來，每一隻都帶一條長繩。」

女王轉過身，吩咐田鼠們立刻去召喚她的其他子民。一聲令下，所有田鼠以最快的速度朝四面八方狂奔。

「現在呢，」稻草人對錫樵夫說，「需要你去河邊樹林砍樹，要造一輛可以搬運獅子的推車。」

錫樵夫立刻前往樹林幹活，很快地就砍了一堆樹幹，再削掉細枝和樹葉造好推車車板。他用木釘固定住所有樹幹，再用一大截樹幹製作輪子。他做得又快又好，田鼠們趕到時推車已經預備好了。

田鼠們自四周聚集過來，足足有幾千隻，大的小的還有中等的體型，每一隻嘴裡都叼著一根繩子。此時，桃樂絲從沉睡中醒來，她睜開惺忪的雙眼，驚訝地發現自己躺在草地上，而且周圍還有上千隻田鼠膽怯地看著她。還好稻草人把前因後果都告訴她了，接著轉身面向威嚴的小田鼠說：

「請允許我為妳介紹，這位是女王陛下。」

小女孩鄭重地點頭，女王則優雅地回敬一個屈膝禮，之後她對待小女孩也非常友善。

稻草人和錫樵夫開始用田鼠們帶來的繩子，一一和車子綁在一起。繩子一端繫在田鼠脖子上，另一端則綁著推車。當然了，車子體積和每一隻準備拉動它的田鼠相比，足足大上一千倍；然而，等到每一隻田鼠都綁上繩子後，輕輕鬆鬆就能拉動車子了。連稻草人和錫樵夫都

能坐在上頭，被這群古怪的「小馬」迅速地拉到獅子沉睡的地方。

歷經千辛萬苦，他們總算把笨重的獅子扛上推車。接著，女王下令要田鼠們儘速行動，因為擔心在罌粟花田裡待太久，他們也會昏睡過去。

雖然這群小田鼠數量龐大，然而一開始他們幾乎沒辦法拉動超載的推車，但有稻草人和錫樵夫從後面幫忙推就順利多了。很快地，他們便將獅子從罌粟田拉到綠油油的草地，在這裡他可以自由呼吸清新的空氣，而不是有毒的花香。

桃樂絲前來迎接大家，熱情地感謝小田鼠們救了夥伴的性命。她越來越喜歡這頭大獅子，看到他獲救真是太開心了。

完成任務後，小田鼠們解下綁著推車的繩子，穿過草地四散地跑回家了。田鼠女王留到最後才離開。

「若需要我們的幫忙，」她說，「就到田野叫喚我們吧，我們會聽到並前來協助的。再會了！」

「再見！」所有人一齊道別，在女王離開時，桃樂絲緊緊抱住托托，以免他跟上去嚇著了她。

隨後，他們在獅子身邊坐下等他醒來，稻草人則從附近的樹上摘了些水果給桃樂絲當晚餐。

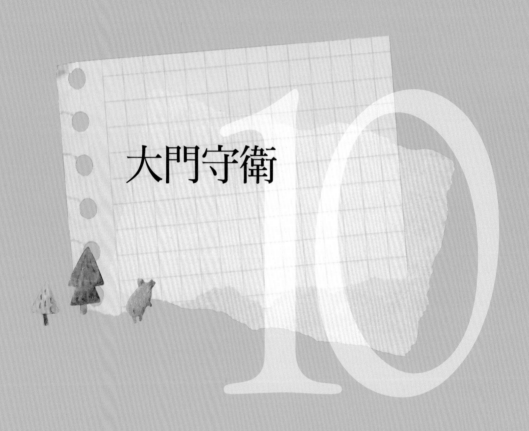

大門守衛

10

因為躺在罌粟花田裡太久，吸入了致命的花香，膽小獅過了好長一段時間才甦醒過來。當他睜開雙眼翻身下了推車時，很高興自己還活著。

「我盡全力往前跑了，」他坐起身來邊打呵欠邊說，「但那些花香實在太濃了。你們是怎麼把我救出來的？」

接著他們講述了田鼠如何好心地救他一命。

聽完後膽小獅大笑著說：

「我一直覺得自己是個可怕的大傢伙，沒想到竟然差點被那些小花毒死，又奇蹟般被田鼠這麼小的動物救了性命。實在太神奇了！話說，夥伴們，接下來該怎麼辦才好？」

「我們得繼續前進，直到再次回到黃磚路，」桃樂絲回應，「然後就一路走到翡翠城。」

因此等獅子清醒，狀態完全恢復後，他們又踏上了旅途，十分享受地穿越過柔軟清新的草地，沒過多久他們就回到了黃磚路上，再次朝著奧茲所在的翡翠城前進。

這裡的道路平穩且鋪設得很好，周圍的景致相當宜人，旅行者們很慶幸能遠離身後的樹林，以及在幽暗森林中遇到的諸多危險。道路兩旁又出現籬笆了，這裡的籬笆被漆成綠色，他們看到一棟漆成綠色的小屋，裡面顯然有農夫居住。整個下午他們經過了不少類似的房子，

有時候會有人走出來，到門口張望，似乎有問題想問，但大家都很害怕那隻龐大的獅子，所以沒人敢靠近也沒有人前來搭話。這裡的人都穿著像翡翠一樣漂亮的綠色服裝，也和蒙奇金人一樣戴著尖頂圓帽。

「這裡一定就是奧茲的領地，」桃樂絲說，「我們肯定離翡翠城不遠了。」

「沒錯。」稻草人表示。「這裡所有東西都是綠色的，就像蒙奇金人最愛藍色一樣。但這裡的人似乎沒有蒙奇金人友善，我們恐怕不容易找到地方過夜。」

「我想吃點水果以外的食物，」女孩說，「托托肯定也快餓壞了。我們在下一間屋子停下來找人問問吧。」

於是，當大家來到一間很大的農舍時，桃樂絲勇敢地走上前敲門。

一個婦人打開一條門縫，剛好足夠往外看，她問：「孩子，妳想做什麼？為什麼那頭大獅子跟著妳？」

「如果您允許的話，我們希望能在這裡過夜，」桃樂絲回答，「獅子是我的夥伴及朋友，絕對不會傷害您的。」

「他很溫馴嗎？」女人問，同時把門縫開得大一些。

「噢，是的。」女孩說，「而且他還非常膽小。比起您害怕他，他更害怕您呢。」

「嗯，」女人想了一下，又看了一眼獅子後說，「若是如此那就

進來吧，我會給你們準備一些晚餐和睡覺的地方。」

於是大家走進農舍，屋裡除了婦人之外還有兩個孩子和一個男人。男人的腳受傷了，正躺在角落的沙發上。看到這麼奇特的一群人大家似乎很驚訝，當婦人忙著擺設餐桌時，男人開口問：

「你們要去哪裡？」

「翡翠城，」桃樂絲回答，「去求見偉大的奧茲。」

「哇嗚！」男人驚呼。「你們確定奧茲會接見你們嗎？」

「為什麼不會呢？」桃樂絲疑惑。

「為什麼，因為據說他從不接見任何人。我去過翡翠城很多次，那是個精美絕倫的城市，但我從未獲准會見奧茲，也不知道世界上有沒有人見過他。」

「他從不出門嗎？」稻草人問。

「從不。他一年到頭都坐在宮殿裡的王座上，連服侍他的人都沒有親眼見過他。」

「他長什麼模樣呢？」女孩好奇。

「不好說，」男人思索後開口。「妳要知道，奧茲是位偉大的巫師，可以隨心所欲變換樣貌。所以有些人說他像一隻鳥，有些人說他像大象，也有人說他看起來像隻貓。除此之外，有人認為他是美麗的仙子、小精靈，或者任何他喜歡的形象。但奧茲究竟是誰，真正的模樣為何，

世界上沒有人有答案。」

「這實在太奇怪了，」桃樂絲說，「但無論如何我們都要試著去見他，不然這趟旅程就白費了。」

「為什麼你們想見可怕的奧茲？」男人問。

「我希望他能送我一顆腦子。」稻草人熱切地說。

「噢，那對奧茲來說小事一樁。」男人表示。「他的腦子多得用不完。」

「希望他能給我一顆心。」錫樵夫說。

「對他而言也很容易，」男人繼續，「因為奧茲收藏許許多多的心，各式各樣的都有。」

「我希望能從他那裡獲得勇氣。」膽小獅表示。

「奧茲的宮殿有滿滿的勇氣，」男人告訴他，「用金色盤子蓋住，以防它溢出來。他會很樂意給你一些的。」

「我希望他能把我送回堪薩斯。」桃樂絲說。

「堪薩斯在哪裡？」男人訝異地問。

「我不知道，」桃樂絲憂傷地說，「但那裡是我的家，肯定就在某個地方。」

「很有可能。這個嘛，奧茲神通廣大，我想他能替妳找到堪薩斯的。但首先你們要能見到他，這很困難，奧茲不喜歡見人，他總是自

行其是。那你想要什麼呢？」他轉頭問托托。托托只是搖搖尾巴，說來奇怪，他不會講話。

這時婦人叫喚大家，晚餐已經準備好了，眾人圍坐在桌邊，桃樂絲吃了一些美味的粥，一碟炒蛋和一盤可口的白麵包，她滿足極了。獅子吃了一些粥，但不怎麼喜歡，因為他說粥是燕麥做的，而燕麥是給馬吃的，不是獅子的食物。稻草人和錫樵夫什麼都沒吃。托托每樣東西都吃了一點，很高興又吃到一頓像樣的晚餐。

婦人替桃樂絲準備了一張床，托托躺在她身邊，獅子看守房門讓她不受打擾。當然了，稻草人和錫樵夫不需要睡覺，整個晚上都安靜地站在角落。

隔日早晨，太陽一露臉他們就踏上旅程，不久就看見天空中有一抹美麗的綠光。

「那裡一定就是翡翠城。」桃樂絲開心的歡呼。

越往前走，綠色光芒越來越耀眼，他們似乎到了旅途的終點。然而，直到下午他們才抵達環繞著翡翠城的城牆外。色澤鮮豔的綠色城牆又高又厚。

黃磚路的盡頭佇立著一扇大門，門上鑲嵌的翡翠在陽光下熠熠生輝，連稻草人那雙彩繪的眼睛都被奪目的光彩照得睜不開眼。

城門邊有一個門鈴，桃樂絲按下按鈕後裡頭傳來一陣銀鈴聲。大

門緩緩敞開，眾人陸續走進去，來到一間高聳的圓形拱頂房間，牆壁四周因無數綠寶石而閃閃發光。

眼前站著的是一個和蒙奇金人一樣矮小的男子。他從頭到腳一身綠色服飾，連皮膚也呈現綠色的光澤。他旁邊有個綠色大箱子。

男子一見到桃樂絲和她的同伴就開口問：「你們來翡翠城有什麼事？」

「我們求見奧茲。」桃樂絲回答。

這個回答令男子相當震驚，甚至坐下來細細思索。

「已經好多年沒有人說要見奧茲了。」他困惑地搖搖頭。「他法力強大又可怕，如果你們只是為了一些無關緊要又愚蠢的小事來打擾這名偉大巫師，他說不定會一怒之下瞬間就殺了你們。」

「但這可不是愚蠢的小事，也並非無關緊要，」稻草人回應，「這很重要。我們聽說奧茲是位善良的巫師。」

「確實如此，」綠色男子表示，「他睿智又妥善地治理翡翠城。但對那些不誠實，或者出於好奇前來的人，他可是最可怕的，很少有人膽敢要求見他。我是大門守衛，既然你們開口要見奧茲，我就帶你們前往他的宮殿。但首先得戴上眼鏡。」

「為什麼？」桃樂絲問。

「若不戴上眼鏡，翡翠城四處閃耀的光芒會讓你失明。就算是住

在此地的居民也必須整日戴著眼鏡。眼鏡全都上鎖，翡翠城建立之初

奧茲便如此下令，只有我握有開鎖的鑰匙。」

　　他打開大箱子，桃樂絲看到裡頭有形狀各異，大小不一的眼鏡。

全部都是綠色鏡片。大門守衛替桃樂絲挑選一副大小合適的眼鏡幫她

戴上。鏡框上有一條金色的綁帶可以固定在後腦勺，大門守衛再用脖子上掛著鏈條的小鑰匙鎖上。一旦戴上，桃樂絲便無法隨便摘下，她當然也不想被翡翠城的綠光閃瞎雙眼，所以並沒有出聲抗議。

　　緊接著綠色男子也替稻草人、錫樵夫和獅子戴上眼鏡，連小托托也有，全部的眼鏡都用綁帶被鎖在後腦勺上。

　　完成後，大門守衛戴上自己的眼鏡，表示一切就緒可以前往宮殿了。他從牆上的掛勾取下一把金色大鑰匙，打開另外一扇門，眾人跟隨他進入翡翠城街道。

奧茲國的
絕妙之城——
翡翠城

即使有綠色眼鏡保護雙眼，桃樂絲和她的朋友們還是被這座城市的璀璨光彩照得頭暈目眩。街道兩旁房屋排列整齊，全是用綠色大理石搭建，處處鑲滿閃閃發光的翡翠。他們走在同樣是綠色大理石鋪就的人行道上，石頭間的縫隙也是緊密鑲嵌的翡翠，在陽光下閃耀著奪目的光澤。窗玻璃是綠色的，就連城市上方的天空和太陽灑下的光束也全是淡淡的綠色。

男人、女人和小孩子成群走動，全都穿著綠色服飾，皮膚也是綠色的。他們好奇地望著桃樂絲和她奇怪的夥伴，孩童們一看到獅子馬上跑到母親身後躲起來，沒有一個人前來攀談。街道上商店林立，桃樂絲發現店舖裡的商品全是綠色，綠色糖果、綠色爆米花，還有綠色鞋子、綠色帽子，以及樣式各異的綠色服裝。有個男人在賣綠色檸檬水，桃樂絲看到小孩們用綠色硬幣付錢。

這裡好像沒有馬也沒有其他動物，男人們在前頭拉著綠色推車載運物品。每個人都顯得快樂、滿足又富有。

大門守衛帶領他們穿越街道，直到停在城市中心的一座巨大建築前，正是偉大奧茲的宮殿。門前站著一個身穿綠色制服，留著綠色長鬍鬚的士兵。

「他們是外地來的客人，」大門守衛告訴他，「他們求見奧茲。」

「進來吧，」士兵回覆道，「我會稟告他的。」

於是一行人走過宮殿大門，被帶進一間大房間，地上鋪著綠色地毯、成套擺放的傢俱全鑲滿了翡翠。士兵要每個人進到房間前，先在綠色地墊上把鞋底弄乾淨，等大家都坐下後他禮貌地說：

「我這就去會見室，通報奧茲諸位來了，請各位不用拘束。」

他們等了很久士兵才回來。當他終於出現時，桃樂絲問：

「您有見到奧茲嗎？」

「噢，沒有。」士兵回答。「我從來沒有見過他，我隔著屏風，向他轉達了你們的來意。他表示會接見你們，但每次只單獨見一個人，且一天一位。因此，你們必須在宮殿住幾天，我會準備好房間，讓你們在長途跋涉後，能舒舒服服地休息。」

「謝謝你。」女孩回答。「奧茲真是個好人。」

士兵吹響綠色口哨，一名穿著漂亮綠色長袍的年輕女孩立刻走進房間。她的秀髮和雙眸是精緻的綠色，對桃樂絲深深行禮後說：「請跟我來，讓我帶您到房間。」

於是桃樂絲抱上托托和朋友們道別，跟著少女穿過七條走廊爬上三段階梯後，來到位於宮殿前方的房間。這是世界上最迷人的小房間，一張柔軟舒適的床，上面鋪著綠色絲質被單和綠色天鵝絨床罩。房間中央有座小噴泉，將綠色香氛噴向空中，隨著水霧落入了雕刻精美的綠色大理石水盆。窗台上擺有鮮花，書架上排滿一本本綠色外皮的小

書。桃樂絲忍不住好奇打開這些書本，發現裡面全是引人發笑的古怪綠色圖片，實在太有趣了。

衣櫥內掛滿絲質、綢緞、天鵝絨不同布料的綠色洋裝，樣式尺寸都非常適合桃樂絲。

「請把這裡當作自己的家。」綠色少女說。「若有任何需要就搖一下鈴。明天早上奧茲會召見您。」

她留下桃樂絲自己一人，回去招呼其他訪客。她安頓好每個人，每個人的房間都位在宮殿裡最舒適宜人的角落。當然了，這份體貼用在稻草人身上都浪費了。因為他不需要休息，就這麼孤零零又傻氣地站在房間門口處，一直站到太陽升起。他無法躺下來也沒法閉上雙眼，整個晚上都盯著角落裡一隻織網的小蜘蛛，不在乎這是不是世界上最棒的房間。錫樵夫已經很習慣躺在床上，因為他記得自己曾是血肉之軀。但他也無法入睡，整個晚上都在上下活動關節，以確保它們能良好的運作。獅子更想要一張在樹林裡用乾落葉堆成的床，而且他不喜歡被關在房間裡。不過他非常聰明，不想為這種事煩心，於是跳上床像隻貓咪一樣蜷縮起來，很快便進入了夢鄉。

隔日一早，吃完早餐後綠色少女前來帶領桃樂絲，並替她穿上一件綠色絲綢長袍、為她繫上一條綠色絲質圍裙，在托托脖子上綁一條綠色緞帶，然後一起前往奧茲的會見室。

　　他們先來到一座大廳，廳內滿是盛裝打扮的淑女及紳士。他們無所事事，只是彼此交談，雖然從未得到面見奧茲的機會，但他們每天早上都會在廳外等待。桃樂絲進門時眾人都好奇地盯著她，其中一人低聲問：

　　「妳真的要進去見可怕的奧茲嗎？」

　　「當然了，」女孩回答，「如果他願意見我的話。」

　　「噢，他當然會了，」負責稟報訊息的士兵說，「雖然他不喜歡有人要求見他。他一開始確實很生氣，還說我應該把妳遣送回去。接著他又問我妳的長相，一聽到我說起妳腳上的銀鞋便非常感興趣。最後我告訴他妳額頭上的印記，他便同意見妳一面。」

　　這時，一陣鈴聲響起，綠色少女對桃樂絲說，「這是接見的信號，妳必須單獨進去會見室。」

　　她打開一扇小門，桃樂絲勇敢舉步向前，進到了一個寬敞，有著高聳圓拱屋頂的房間，牆壁、天花板和地板無一不是鑲滿巨大的翡翠。屋頂中心有一盞綠色大燈，明亮如日光，將翡翠映照得熠熠生輝，絢麗無比。

　　但桃樂絲最感興趣的是房間中央的綠色大理石王座，像椅子的造型，同樣嵌滿晶亮的寶石。椅子中間有一顆巨大的頭顱，既沒有身體的支撐也沒有四肢等軀體。這顆頭沒有毛髮，但有雙眼、

鼻子和嘴巴，比世界上最壯碩的巨人的頭還要可觀。

當桃樂絲好奇又驚恐地盯著看時，頭顱上的眼珠慢慢轉動，眼神堅定又銳利地盯著她。接著那張嘴巴動了，桃樂絲聽到聲音：

「我是奧茲，偉大又可怕的奧茲。妳是誰，為什麼來找我？」

大頭發出的嗓音並沒有想像中那麼恐怖，所以她鼓起勇氣回答：

「我叫桃樂絲，弱小又溫順的桃樂絲。我來尋求您的幫助。」

那雙眼睛若有所思地盯著她整整一分鐘。然後又說了：

「那雙銀色鞋子是哪來的？」

「從東方邪惡女巫那裡得到的，我的房子掉下來壓死她。」她老實回答。

「妳額頭上的印記是哪來的？」那聲音又問。

「是北方善良女巫向我道別時親吻留下的祝福，也是她讓我來找您的。」女孩說。

那雙眼珠再次露出銳利的眼神，察覺她所說的一切皆是實話。然後奧茲問，「妳希望我為妳做什麼？」

「送我回去堪薩斯，艾姆嬸嬸和亨利叔叔所在的地方。」她渴求地說。「我不喜歡您的國家，雖然這裡很美。我離開這麼久，艾姆嬸嬸一定非常擔心。」

那雙眼睛眨了三下，看向天花板後看向地面，然後又古怪地轉動

著，彷彿在觀看房間的每個角落，最後眼神再次落在桃樂絲身上。

「為什麼我要幫妳？」奧茲問。

「因為您很強大，我很弱小。您是偉大的巫師奧茲，而我只是個小女孩。」

「可是妳足夠強大能殺死東方邪惡女巫。」奧茲表示。

「只是巧合，」桃樂絲簡潔地回答，「不是有意的。」

「這個嘛，」那顆頭顱接著說，「我會給妳我的答案。除非妳能回報我，否則無權指望我送妳回堪薩斯。在這個國家，有付出才有回報。若妳希望我能施展法力送妳回家，就必須先為我做點什麼。妳幫我，我就幫妳。」

「我要做些什麼？」女孩問。

「殺了西方邪惡女巫。」奧茲回答。

「但我辦不到啊！」桃樂絲非常震驚。

「妳殺了東方女巫還穿著藏有強大法力的銀鞋。整個奧茲國只剩下一個邪惡女巫了，等妳殺了她我就送妳回堪薩斯，在完成任務之後。」

小女孩開始啜泣，她實在太失望了。那雙眼睛再次眨動且焦急地看著她，偉大的奧茲似乎覺得只要桃樂絲願意，她就能幫上這個忙。

「我從來沒有故意殺過人。」她抽泣道。「就算我想，要怎麼做

才能殺死邪惡女巫？就連偉大又可怕的您都沒法親自殺了她，又怎麼能期望我辦到呢？」

「我不知道。」那顆頭說，「但這就是我的答案，除非邪惡女巫死了，否則妳不用指望見到妳的叔叔和嬸嬸。切記，那女巫很邪惡——惡毒至極——她罪該萬死。走吧，完成任務前別再來見我。」

桃樂絲難過地離開會見室，回到獅子、稻草人和錫樵夫身邊，他們都等著聽奧茲是怎麼說的。

「我沒有希望了。」

她傷心地說，「在殺死西方邪惡女巫之前，奧茲都不會送我回堪薩斯，這個任務我永遠辦不到。」

她的朋友們都很難過，但也無能為力。桃樂絲只好回房間，躺在床上獨自默默哭泣。

隔日早晨，綠鬍子士兵對稻草人說：

「跟我來吧，奧茲要見您。」

稻草人跟他進入會見室，他看見王座上坐著一位非常美麗的女士。她身穿綠色真絲紗裙，飄逸的碧綠色秀髮上戴著一頂寶石王冠。她的肩膀上長著一對色彩鮮豔的翅膀，很輕盈似乎只要有一縷微風就會被吹動飛揚起來。

在這位美麗的女士面前，稻草人彎著塞滿稻草的身軀，盡可能以最優雅的姿勢鞠躬，她溫和地看向他說：

「我是奧茲，偉大又可怕的奧茲。你是誰，為什麼來找我？」

稻草人大吃一驚，本來以為會見到桃樂絲所說的大頭顱。但他仍勇敢地回答：

「我只是個塞滿稻草的稻草人。我沒有腦袋，我懇求您能給我腦子，取代稻草，這樣我就能像您領土上的所有人一樣，成為一個真正的人。」

「為什麼我要幫你？」女士問。

「因為您睿智又強大，除了您沒人能幫我了。」稻草人回答。

「我從不提供沒有回報的幫助。」奧茲說，「我能許諾，只要你幫我殺死西方邪惡女巫，我就賜予你大量的腦子，有這樣優秀的大腦，你將成為奧茲國最聰明的人。」

「您不是已經要桃樂絲去殺死女巫嗎？」稻草人吃驚地說。

「確實如此，但我不在乎誰能殺了她，但在她死之前你的願望不會實現。走吧，在你獲得心心念念的腦子之前，不要再來找我。」

稻草人憂傷地回到朋友身邊，告訴他們奧茲的話。桃樂絲很驚訝奧茲竟然不是她見到的那顆頭顱，而是一名迷人的女士。

「有差別嗎。」稻草人說，「她和錫樵夫一樣也需要一顆心。」

隔日早晨，綠鬍子士兵來找錫樵夫，說道：

「奧茲要見您，請跟我來。」

錫樵夫跟著他來到會見室，他不知道眼前的奧茲會是一位美麗的女士還是一顆頭，他希望是前者。「因為呢，」他自言自語，「若是一顆頭，我很確定我將不會得到心，因為頭顱並沒有心是無法感同身受的。但若是美麗的女士我會努力的乞求，因為據說天下女子都心地善良。」

然而，當錫樵夫進入會見室後，眼前不是頭顱也非女士，奧茲變成了一頭十分恐怖的野獸，體型幾乎和大象一樣龐大，綠色的王座幾

乎不堪負荷，沒法支撐牠的重量。野獸有顆像犀牛的頭顱，頭上長了五隻眼睛、身體長出五隻長長的手臂，還有五條細細長長的腿。牠渾身覆蓋著濃密的毛髮，簡直無法想像還有比這更駭人的怪獸。幸好此時錫樵夫沒有心，否則心臟一定會因為害怕而砰砰狂跳。錫樵夫只是錫做的，沒有一絲恐懼只是很失望罷了。

「我是奧茲，偉大又可怕的奧茲。」野獸嘶吼著說。「你是誰，為什麼來找我？」

「我是錫做的錫樵夫。所以我沒有心，沒有愛人的能力。我希望您能賜予我一顆心，讓我變得和其他人一樣。」

「為什麼我要幫你？」野

獸問。

「因為我提出請求了，而只有您能達成我的願望。」錫樵夫回答。

奧茲聽了後發出一聲低吼，緊接著粗聲粗氣地說：「若你那麼想要一顆心，就努力用自己的力量贏得。」

「我要怎麼做？」錫樵夫問。

「幫助桃樂絲殺死西方邪惡女巫。」野獸回答。「女巫死後來找我，我會把整個奧茲國最大、最仁慈且最懂得愛情的心送給你。」

錫樵夫只好悲傷地回到朋友身邊，轉述可怕野獸的要求。他們對奧茲能隨意變換多種樣貌感到訝異。然後，獅子說了：

「我去見他的時候，如果他化身成一頭野獸，我要使勁全力吼叫來嚇他，如此他就會答應我的要求了。若是美麗的女士，我就假裝撲過去，逼迫她聽從我的吩咐。如果是一顆大頭顱，就等著任我擺佈吧，因為我會讓它在整個房間裡打滾，直到答應我們的請求為止。所以，我的朋友們，打起精神吧，一切都會好起來的。」

隔天清早，綠鬍子士兵帶領獅子抵達會見室，吩咐他自行去到奧茲面前。

獅子立刻踏進殿門，環顧四周後驚訝地發現王座前有一團火球，火勢猛烈，幾乎沒有辦法直視這熊熊火光。起初他以為是奧茲不小心燒著自己了，當他試圖再靠近一點時，灼熱的火燄燒焦了他的鬃毛，

他嚇得顫抖著往後爬回門邊。

接著，一陣低沉冷靜的聲音自火球中傳來，它說：

「我是奧茲，偉大又可怕的奧茲。你是誰，為什麼來找我？」

獅子回答，「我是一隻什麼都害怕的膽小的獅子。我希望您能賜予我勇氣，讓我成為人們口中名符其實的萬獸之王。」

「我為什麼要賜給你勇氣？」奧茲問。

「因為您是所有巫師中法力最強大的，只有您有能力幫我。」獅子回答。

火球猛烈地燃燒一陣子後，又發出聲音接著說：「只

要能拿來邪惡女巫死亡的證明，我馬上給你勇氣。但只要她還活著，你就只能是個膽小鬼。」

獅子聽了這番話後很生氣，但也無法反駁，他靜靜地瞪著火球，火球卻變得熾烈無比，他只好轉身逃離。他很高興朋友們都等著他，馬上說了和奧茲會面的恐怖經歷。

「現在該怎麼辦才好？」桃樂絲難過地問。

「只有一個辦法，」獅子回答，「就是去溫基人的領地找出邪惡女巫，並殺了她。」

「如果失敗呢？」女孩問。

「我就永遠得不到勇氣了。」獅子表示。

「我得不到腦子。」稻草人接著說。

「我不會再有一顆心了。」錫樵夫附和。

「那我就再也見不到艾姆嬸嬸和亨利叔叔了。」桃樂絲說著說著哭了起來。

「小心！」綠色少女突然大叫。「眼淚會滴到綠色絲綢洋裝，在上面留下污痕。」

桃樂絲只得擦乾眼淚說，「我想我們必須試試看。但我確定就算為了能見到艾姆嬸嬸，我也不想殺人。」

「我和妳一起去，不過我太懦弱膽小了殺不了女巫。」獅子說。

「我也去，」稻草人說，「但可能幫不上什麼忙，我就是個蠢蛋。」

「我連想傷害女巫的心思都沒有。」錫樵夫說；「如果你們要去，我肯定要加入你們。」

他們決定第二天一早啟程，錫樵夫用綠色磨刀石磨利斧頭，所有關節仔細上油。稻草人為自己塞滿新鮮稻草，桃樂絲幫他重新畫好眼睛，以便看得更清楚。親切的綠色少女為桃樂絲的籃子裝滿美味的食物，將一顆小鈴鐺繫上托托的脖子。

他們早早上床，徹夜熟睡，直到被宮殿後院的綠公雞啼叫和母雞下蛋的咯咯聲給叫醒。

尋找
邪惡女巫

綠鬍子士兵帶領他們穿越翡翠城街道，抵達大門守衛的小房間。守衛幫大家解鎖摘下眼鏡並放回大箱子，然後禮貌地替他們打開大門。

「走哪一條路能找到西方邪惡女巫？」桃樂絲問。

「沒有路可以過去。」大門守衛回答。「沒有人想去那裡。」

「怎樣才能找到她？」女孩詢問。

「很簡單，」男子說，「只要發現你們進入溫基人的領地，她就會自己找上門，迫使你們成為她的奴隸。」

「或許不會，」稻草人說，「因為我們會殺了她。」

「噢，那可不一定。」大門守衛說。「從來沒有人能傷害她，所以我理所當然地認為你們會變成奴隸，就像其他人的遭遇一樣。請萬事小心，她邪惡又殘忍，可能不會如你們所願能輕易地殺了她。一路往西走，就是日落的方向，一定找得到她的。」

他們道謝及道別後便往西方前進，穿過點綴著雛菊和毛茛的柔軟草地。桃樂絲還穿著那件絲質長袍，但她驚訝地發現長袍不再是綠色，變成了純白色。托托頸部的緞帶也從綠色變成了和長袍一樣的白色。

翡翠城很快地被拋在後面。他們一路前進，腳下的路變得越來越崎嶇不平，這邊既沒有農田也沒有房舍，所有土地都是荒蕪的。

午後熱辣的太陽照在他們臉上，沒有樹木提供遮蔽，還不到晚上，

桃樂絲、托托和獅子就累垮了,直接躺在草地上睡著了,錫樵夫和稻草人在一旁負責守衛。

西方邪惡女巫只有一隻眼睛,但視力就跟望遠鏡一樣好,能夠看清楚各個角落。這時她坐在城堡門口,正巧四處張望,看到了熟睡的桃樂絲以及她身邊的朋友們。他們離城堡還有一段距離,但邪惡女巫很生氣這些人闖進她的領地,於是用力吹響掛在脖子上的銀哨。

一群體型龐大的狼立刻從四面八方朝她跑來。牠們長著細長的腿、兇猛的雙眼和尖銳的牙齒。

「去找到那些人,」女巫下令,「把他們撕碎了。」

「您不打算把他們變成奴隸嗎?」狼群首領問道。

「不用了。」她回答,「一個是錫人,一個是稻草人,一個是女孩子,還有一隻獅子。全都不適合工作,所以把他們都咬成碎片吧。」

「遵命。」狼首領說完便拔腿狂奔,其他狼群追趕在後。

幸好稻草人和錫樵夫都很清醒,聽到狼群接近的聲音。

「我來對付牠們,」錫樵夫說,「躲到我身後,牠們就交給我。」

他抓起磨得鋒利的斧頭,狼群首領第一個發動攻擊,他立刻揮動斧頭砍過去,狼首領身首分離就死掉了。他再次舉起斧頭,另一隻狼馬上撲過來,但很快地就死在錫樵夫這把銳利的斧頭下。總共來了四十四狼,四十四狼全都死了,最後一動也不動倒在錫樵夫跟前。

戰鬥結束後，他放下斧頭坐在稻草人身邊。稻草人對他說，「幹得太好了，夥伴。」

他們一直等到隔天早上桃樂絲醒來。當看到一地毛茸茸的狼屍體，小女孩嚇壞了，錫樵夫告訴她事情的始末。桃樂絲先感謝他救了大家，接著坐下來吃早餐，吃飽後大家再次趕路。

同一天早上，邪惡女巫來到城堡門口，用那隻獨眼向遠處張望。她看到狼群們都死了，而那群陌生人依舊走在她的領土，她更生氣了，再次吹響銀哨。

一大群野烏鴉立刻朝她飛來，數量多到足以遮蔽天空。

邪惡女巫對烏鴉王說，「立刻飛去，找到闖入者，啄瞎他們的眼睛，將所有人撕成碎片。」

成群的野烏鴉飛向桃樂絲一行人，小女孩看到後非常害怕。

稻草人說，「這次是屬於我的戰鬥，躺到我身邊就不會受傷。」

於是，稻草人站得筆直伸長雙臂，其他人全都躺下來。烏鴉看到他很是驚恐，被稻草人嚇住不敢再靠近。此時烏鴉王開口了：

「只是個稻草填充的人偶罷了，我要把他的眼睛啄出來。」

烏鴉王振翅飛向稻草人，稻草人一把抓住牠的頭，扭斷牠的脖子，結束牠的性命。又一隻烏鴉飛來，稻草人如法炮製。總共飛來四十隻烏鴉，稻草人扭斷了四十次牠們的脖子，直到所有烏鴉都死在他的腳邊。然後他叫喚同伴們起身，大家又繼續他們的旅程。

邪惡女巫再次朝外張望，發現烏鴉們一隻都不剩，她勃然大怒，第三次吹響銀哨。

空中頓時傳來一陣嗡嗡聲，一群黑蜜蜂朝她飛了過來。

「去，找到那些外來者，把他們螫死！」女巫下令，蜜蜂們馬上掉頭，極速飛往桃樂絲和夥伴們行經的地方。錫樵夫看到這群蜜蜂了，稻草人也想好對策。

「拿出我身上的稻草，撒在小女孩、小狗和獅子身上，」他對錫樵夫說，「這樣蜜蜂就螫不到他們了。」錫樵夫照做，桃樂絲抱著托托緊緊挨著獅子躺下，稻草完全覆蓋住他們。

蜂群來了，發現只有錫樵夫可以攻擊，便一窩蜂猛衝過去，結果所有蜂針一螫上錫皮就斷了，錫樵夫一點也不覺得痛。而斷了蜂針的

蜜蜂是沒法存活的，這群黑蜜蜂就這麼死去了，密密麻麻地散落在錫樵夫周圍，彷彿是一小堆煤渣。

桃樂絲和獅子起身，女孩幫助錫樵夫把稻草塞回稻草人的身體裡，直到他恢復原本的模樣。然後旅程再次開始。

邪惡女巫看到黑蜜蜂屍體像煤渣堆一樣，簡直氣炸了，她咬牙切齒地一邊踩腳一邊拉扯頭髮。隨後她把一群溫基奴隸叫來，發給他們尖利的長矛，要他們去解決掉私闖者。

溫基人並不勇敢，但他們必須服從命令。他們舉步來到桃樂絲面前，獅子怒吼一聲撲過去，可憐的溫基人害怕極了，轉身就跑。

跑回城堡後，邪惡女巫用皮帶狠狠地鞭打他們，命令他們回去工作。她坐下來思考下一步行動。她不明白，為什麼消滅外來者的計畫全都失敗，不過她是個法力無邊又邪惡的女巫，很快就想到新的計謀。

她的櫥櫃裡有頂金帽，上頭鑲著一圈鑽石和紅寶石。這頂金帽有神奇的魔法，擁有它的人能召喚長翼飛猴三次，並取得牠們的幫助，飛猴會服從任何指令，但任何人只能命令這個奇特的生物三次。邪惡女巫已經用過兩次機會。第一次是令溫基人變成她的奴隸，由她統治整個國家。第二次是對抗奧茲，把他趕出了西方國土。金帽只能再用一次了，所以她並不想在法力耗盡前隨隨便便使用。但她那群兇猛的手下，惡狼、野烏鴉和尖刺黑蜂全都陣亡，奴隸又被膽小獅嚇跑，也

只剩一種方法可以擊退桃樂絲一行人了。

於是，邪惡女巫從櫥櫃拿出金帽戴在頭上。接著她以左腳單腳站立，緩緩地念出咒語：

「誒──波，嗶──波，咔──科！」

換右腳，接著念：

「嗨──囉，呼──囉，哈──囉！」

接著她雙腳站立，大聲喊出咒語：

「滋──茲，粗──粗，咿！」

咒語生效了。天色頃刻變暗，低沉的轟隆聲響徹高空。振翅的聲音傳來，伴隨著震耳欲聾的吱吱笑鬧聲。陽光從暗沉沉的天空透出來，照耀到邪惡女巫身上，成群的猴子圍繞著她，每隻猴子的肩膀上都長著一對巨大有力的翅膀。

其中一隻特別大，顯然是首領。牠飛近女巫說，「這是您第三次，也是最後一次召喚我們。您有什麼吩咐？」

「去，找到那群闖進我領地的陌生人，殺了獅子以外的所有人。」

邪惡女巫下令。「把那頭野獸帶來，我要像馬一樣套住他，讓他勞動。」

「使命必達。」首領承諾。接著，伴隨著笑鬧聲和吵雜聲，飛猴們振翅往桃樂絲和朋友們趕路的地方飛去。

幾隻猴子抓著錫樵夫，一路帶著他飛到一個滿佈尖銳岩石的荒地上空。將可憐的樵夫丟下去，錫樵夫摔落到岩石上，傷痕累累地躺在那裡，渾身凹陷動彈不得，也沒辦法呻吟。

另一群猴子抓著稻草人，用長長的手指扯下他全身的稻草，又把他的帽子、靴子和衣服揉成一團，扔在了一棵大樹的樹梢上。

剩下的猴子將一根結實的粗繩拋到獅子身上，在他的身體、頭和四肢纏了好幾圈，直到他完全沒辦法張口啃咬，也沒有辦法掙扎。然後牠們合力抬起獅子把他帶回女巫的城堡，關在一座四周有高高的鐵柵欄的小院子裡，防止他逃跑。

可是牠們卻未傷害桃樂絲分毫。她抱著托托站在原地，目睹同伴們悲慘的命運，心想很快就輪到自己了。飛猴首領縱身撲到她面前，向她張開毛茸茸的長手臂，醜陋的臉上露出一抹猙獰的笑容，但一看到她額頭上有善良女巫的親吻印記，便馬上停下動作，示意其他人不要碰她。

「我們不敢傷害這名小女孩。」牠對其他猴子說。「因為她受到善良的力量的保護，那比邪惡力量厲害許多。我們只能把她帶回邪惡

女巫的城堡，讓她待在那裡。」

　　他們小心翼翼地把桃樂絲抱在懷裡，飛快將她帶回城堡，把她放在前門台階上。然後，首領對女巫說：「我們已經盡力完成您的吩咐。錫樵夫和稻草人已經死了，獅子被困在您的院子裡。但我們不敢傷害這個小女孩，也不敢傷害她懷裡的狗。您束縛在我們身上的法力已經消失，您再也見不到我們。」

　　之後，所有飛猴在大笑、嘰嘰喳喳的嘈雜聲中飛向空中，很快就沒了蹤影。

　　邪惡女巫看到桃樂絲額頭上的印記，既驚訝又擔心，因為她很清楚無論是飛猴們還是她自己，都不敢用任何方式傷害這個女孩。她低頭看向桃樂絲的腳，一看到銀鞋便害怕得渾身顫慄，因為她知道這雙鞋的法力有多強大。一開始，女巫很想遠離桃樂絲，但恰巧和她的眼神對上了，看見這雙眼眸背後的靈魂是多麼純淨，而小女孩似乎並不知道銀鞋賦予她的神奇法力。邪惡女巫不禁暗自發笑，心想：「我還是能逼她為奴，她根本不知道怎麼運用自己的力量。」下一刻，她厲聲對桃樂絲說：

　　「跟著我，記住我說的話，否則我就殺了妳，就跟錫樵夫和稻草人一樣的下場。」

　　桃樂絲跟著她穿過許多漂亮的房間，最後來到廚房，女巫命令她

清洗鍋子和水壺、掃地、生柴火。

桃樂絲順從地照做，下定決心要盡可能地努力工作。她很慶幸邪惡女巫決定不殺她。

看到桃樂絲勤奮地工作，女巫打算去院子把獅子像馬一樣套上韁繩。如果能叫這隻獅子替她拉馬車、出門兜兜風，肯定開心極了。但是，才一打開大門，獅子就怒吼著朝她撲過來，女巫嚇壞了，一溜煙逃出去並把門關上。

「要是韁繩套不住你，」女巫隔著柵欄對獅子說，「我就餓死你。除非你聽話否則就沒東西吃。」

此後，她再也沒有給被囚禁的獅子任何食物，但是每天中午都會跑到柵門邊問，「你準備好，像馬一樣被套上繩子了嗎？」

獅子總是這樣回答：「不可能。妳敢膽走進院子，我就咬死妳。」獅子不受女巫的威脅，原因是每天晚上女巫熟睡時，桃樂絲就會從櫥櫃裡偷偷帶食物給他。他吃完之後就會躺在稻草堆上，桃樂絲會躺在他身邊，把頭靠在柔軟蓬鬆的鬃毛上，一起談論他們的煩惱，並想辦法逃跑。可是他們找不到離開城堡的方法，因為到處都有黃色溫基奴隸看守，他們懼怕邪惡女巫，也不敢不服從她的命令。」

白天的時候，女孩必須努力工作，女巫老是威脅要用她手裡的那把舊雨傘打她。事實上她不敢打桃樂絲，因為她額頭上的印記。不過

女孩並不知道這個秘密，每天為自己和托托擔驚受怕。有一次女巫用雨傘打了托托，這隻勇敢的小狗飛撲過去咬傷她的腿。女巫的傷口並沒有流血，因為她實在太過邪惡，身上的血早在很多年前就已經乾涸了。

桃樂絲的生活因為難過而變得淒慘。她逐漸明白，回到堪薩斯和艾姆嬸嬸身邊的機會更加渺茫了。有時候她會痛哭幾個小時，托托則坐在她腳邊沮喪地望著她跟著嗚咽，以表示對小主人的處境感到十分遺憾。只要桃樂絲和他在一起，托托就不在乎自己是在堪薩斯還是奧茲國，但他知道小女孩不開心，自己也不好受。

邪惡女巫非常想要桃樂絲一直穿著的銀鞋。她的黑蜜蜂、野烏鴉和狼群都早已死透成堆乾枯了，她也用光了金帽的魔法。但只要擁有那雙銀鞋，被賦予的力量就能超越失去的一切。她時時刻刻盯著桃樂絲，看看她會不會脫掉鞋子，好趁機偷走它們。但小女孩子很喜歡這雙漂亮的鞋子，只有晚上睡覺和洗澡的時候會脫下它們。女巫害怕黑夜，不敢在晚上潛入桃樂絲的房間偷鞋子，而且比起黑暗她更害怕水，從來不敢在桃樂絲洗澡時接近她。沒錯，這老女巫從來沒有碰過水，也從不讓水滴到自己。

邪惡女巫太狡猾了，終於想到了一個可以得償所願的伎倆。她在廚房地板中央放了一根鐵棒，然後用魔法讓它隱形。因此，桃樂絲在

地板走動時被看不見的鐵棒絆倒了，砰一聲直接摔倒在地。她只受了點小傷，但跌倒時一隻銀鞋掉了，還來不及拿回來，鞋子就被女巫搶走套在她那隻骨瘦如柴的腳上。

　　詭計成功後邪惡女巫樂不可支，只要得到一隻鞋子，就等於擁有一半的法力，現在即使桃樂絲知道怎麼使用鞋子的魔法，也無法對付她了。

　　小女孩看到鞋子被搶走非常生氣，對著女巫大叫：「快把鞋子還給我！」

　　「不要。」女巫反擊，「現在這是我的鞋子了，不是妳的。」

　　「妳這個邪惡的家伙！」桃樂絲大聲吼叫。「妳沒資格搶走我的鞋子。」

　　「我要留著，不管妳怎麼說。」女巫訕笑道，「總有一天我也會拿走另一隻的，等著瞧吧。」

　　聽到這裡桃樂絲氣壞了，順手抓起腳邊的水桶將水潑向女巫，讓她從頭到腳都濕透了。

　　邪惡女巫立刻恐懼得哭叫，桃樂絲驚恐地盯著她，看到她逐漸變軟、萎縮倒下去。

　　「看妳幹得好事！」她尖叫。「我馬上就會融化掉了！」

　　「實在很抱歉。」桃樂絲看到女巫在眼前像黑糖一樣慢慢融化，

實在很害怕。

「妳不知道水會殺了我嗎？」女巫絕望地哀嚎。

「當然不知道，」桃樂絲回答，「我怎麼會知道。」

「唉，幾分鐘後我就徹底融化了，這城堡就屬於妳了。我這一輩子都如此邪惡，但從未想過像妳這樣的小女孩，居然有能力融化我，結束我的惡行。瞧，我要消失了！」

說完這些話後女巫便成了一灘棕色不成形的液體，流淌在廚房乾淨的地板上。桃樂絲看到她真的徹底融化了，又拿起另一桶水潑在那片髒污上，把它掃到門外。撿起老女巫留下的銀鞋，桃樂絲把它清洗乾淨並用抹布擦乾，重新穿回自己腳上。終於自由了，她趕緊跑到院子，告訴獅子西方邪惡女巫已死的消息，他們再也不用被囚禁在這片陌生的地方了。

援救夥伴

聽到邪惡女巫被一桶水融化的消息，膽小獅高興極了，桃樂絲立刻打開柵門把他放出來。他們一起走進城堡，桃樂絲做的第一件事便是把所有溫基人叫來，告訴他們從今往後不用再當奴隸了。

黃色溫基人欣喜若狂，因為多年來他們被迫為邪惡女巫賣命工作，遭受殘忍的對待。他們將這一天訂為節慶日，今後便以美食與歌舞歡慶這一天。

「如果我們的朋友，稻草人和錫樵夫也在這裡，」獅子說，「那我一定會更開心。」

「你覺得我們有辦法救他們嗎？」女孩焦慮地問。

「可以試試看。」獅子回答。

於是，他們召集了黃色溫基人，詢問他們是否願意幫忙援救他們的朋友，溫基人表示非常樂意，願為桃樂絲傾盡全力，因為有她的幫忙才得以擺脫老女巫的桎梏。於是，桃樂絲選了幾個看起來最了解情勢的溫基人，馬上展開行動。他們整整走了一天，才抵達錫樵夫所在的岩石荒地，他嚴重受損、滿身凹痕地躺在那裡。他的斧頭就在身旁，但刀鋒生鏽，握把也斷了。

溫基人輕輕將他抬起來，帶回黃色城堡。桃樂絲因為老朋友悲慘的遭遇，看見他變成這副模樣而傷心落淚，獅子的神情既嚴肅又難過。抵達城堡後，桃樂絲對溫基人說：

「你們有錫匠嗎？」

「噢，有的。有幾位非常優秀的錫匠。」他們說。

「請把他們帶來。」她說。錫匠們帶來裝滿工具的工具箱，桃樂絲詢問：「你們能把錫樵夫身上的凹陷敲平，扳回原樣，然後將破損的地方焊接回去嗎？」

錫匠們仔細查看錫樵夫後，表示能修補並將他恢復原狀，於是他們就在城堡的一間黃色大房子裡，花了整整三天四夜，不停地鎚擊、扭轉、彎曲、焊接、拋光以及敲打錫樵夫的雙腿、身體和頭部，直到他恢復成原本的模樣，關節又能正常活動為止。他身上多了幾處補丁，但錫匠們已做得很好了，而且錫樵夫也不是什麼愛慕虛榮的人，根本不會在意這幾塊補丁。

最後，當錫樵夫走進桃樂絲的房間感謝她的救命之恩時，他激動

地喜極而泣，桃樂絲得用圍裙小心地替他擦乾每一滴眼淚，以免關節生鏽。她也因為與老友重逢而熱淚盈眶，這些欣喜的淚水不需要急著抹去。至於獅子呢，他頻頻用尾巴尖拭淚，上面的毛髮都濕透了，只好走到院子，在太陽底下將尾巴晾乾。

「要是稻草人能回到我們身邊，」聽完桃樂絲講述所有的事情後，錫樵夫說，「我一定會很開心。」

「我們得想辦法救他才行。」女孩表示。

於是她再一次請求溫基人的協助。他們又走了整整一天來到一棵大樹旁，飛猴將稻草人和他的衣服都扔在這棵樹的枝幹上。

這是一棵參天大樹，樹幹很光滑沒人有辦法爬上去，不過錫樵夫立刻有了主意：「我把這樹砍了，這樣就能拿到稻草人的衣服了。」

順帶一提，當錫匠們著手修補錫樵夫時，另一位溫基金匠也為錫樵夫的斧頭換上純金的握把，代替原本損壞的部分。其他人負責打磨刀刃，直到所有鏽跡都被去除，像拋光過的銀器一樣閃亮。

話一說完，錫樵夫便開始砍伐，眨眼間大樹就轟然倒下，稻草人的衣服也跟著從樹上掉下來，滾落到地面。

桃樂絲撿起衣服，讓溫基人帶回城堡，填進上好的乾淨稻草。瞧！稻草人回來了，狀態一如既往地良好，稻草人因為獲救而連連道謝。

現在他們重聚了，桃樂絲和朋友們在黃色城堡度過幾日的快樂時

光，那裡應有盡有，一切都很舒適。

　　然而，有一天小女孩想起了艾姆嬸嬸，她說，「我們一定要回去找奧茲，請他兌現承諾。」

　　「沒錯，」錫樵夫附議，「最後我會得到一顆心。」

　　「我會有腦子。」稻草人雀躍地說。

　　「我將獲得勇氣。」獅子若有所思。

「我就能回去堪薩斯了。」桃樂絲拍著手大喊。「那麼，我們明天就動身去翡翠城吧！」

就這麼決定了。隔天他們召集溫基人向他們道別。對於大家的離開溫基人表示不捨，他們非常喜歡錫樵夫，希望他能留下來統治西方黃色領土及其人民。看到眾人決意離開，溫基人送給托托和獅子各一個金色項圈，贈給桃樂絲一條鑲滿鑽石的華麗手鍊，稻草人得到一隻金色手杖，這樣他走路就不會摔跤了，最後贈給錫樵夫一個銀製油罐，上頭鑲嵌黃金和珍貴的寶石。

他們輪流向溫基人表達最誠摯的謝意，並一一握手道別，握到手臂都痠痛了。

桃樂絲走到女巫的櫥櫃前，將旅途所需的食物裝滿籃子，這時她看見了那頂金帽，她將帽子戴上試試，發現大小剛剛好。她對金帽所蘊含的魔力一無所知，只是覺得很漂亮，便決定戴著並將原本的遮陽帽收進籃子裡。

一切準備就緒後，眾人啟程前往翡翠城，溫基人為他們歡呼三聲，送上諸多美好的祝福。

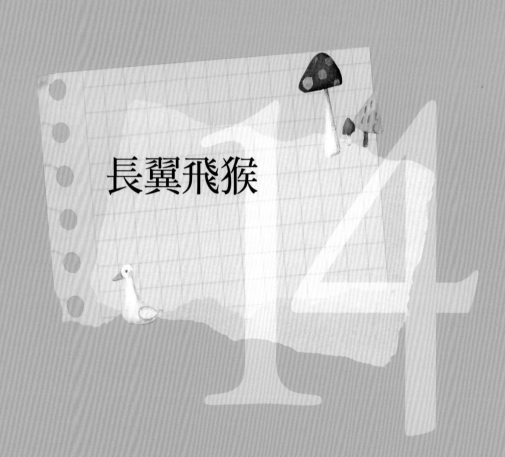

長翼飛猴

你們肯定還記得，在邪惡女巫的城堡和翡翠城之間沒有道路——甚至連一條小路也沒有。是女巫先發現了四位旅行者，便派飛猴去把他們捉來。要找到回去的道路遠比被直接抓來困難得多，因為必須穿越一大片開滿毛茛和黃色雛菊的田野。當然，他們很清楚必須朝東方走，也就是太陽升起的方向。然而，正午時分，當太陽高掛頭頂時，他們便分不清東南西北，以至於在一望無際的田野中迷路了。他們還是馬不停蹄地往前走，直到晚上，月亮高掛空中發出耀眼白光。除了稻草人和錫樵夫還醒著之外，眾人直接躺在氣味香甜的黃色花海中，熟睡直到天亮。

隔日早晨，太陽被雲層遮住，他們依然選擇出發，彷彿非常確定該往哪個方向走。

「如果已經走得足夠遠，」桃樂絲說，「我相信總有一天會抵達某個地方。」

但日子一天又一天過去，前方除了鮮紅花田外什麼也沒有。稻草人忍不住嘟囔了起來。

「我們一定是迷路了。」他說，「除非我們再次找到前往翡翠城的路，否則我就永遠拿不到腦子了。」

「那我就沒有心了。」錫樵夫表示。「我迫不及待想見到奧茲，但不得不說這是段漫長的旅途。」

「你們清楚，」膽小獅嗚咽地說，「我沒有勇氣，就這麼一直一無所獲地流浪下去。」

桃樂絲也頓時失去信心。她坐在草地上看著夥伴們，其他人也跟著坐下來默默地看著她。就連托托也發現這是他這輩子第一次，累到不想追逐眼前飛過的蝴蝶。他吐了吐舌頭，氣喘吁吁地望著桃樂絲，像是在詢問接下來該怎麼辦。

「可以呼叫田鼠們。」她提議。「說不定牠們能告訴我們怎麼去翡翠城。」

「牠們一定可以的。」稻草人喊道。「為什麼剛剛沒想到啊？」

桃樂絲吹響掛在脖子上的小哨子，自從田鼠女王送給她後，她便一直戴著。幾分鐘後就傳來了啪嗒作響的小腳步聲，一群小灰鼠朝著她的方向跑來。田鼠女王也在其中，她吱吱吱地問：

「朋友們，我能替你們做些什麼呢？」

「我們迷路了。」桃樂絲說。「能告訴我們翡翠城在哪裡嗎？」

「沒問題。」女王回答，「不過距離這裡很遠，因為你們一直都朝著反方向走。」然後她留意到桃樂絲的金帽，她問：「妳為何不用那帽子的法力，召喚長翼飛猴的幫助呢？不用一小時牠們就能將你們送回奧茲的翡翠城。」

「我不知道這頂帽子有這樣的法力。」桃樂絲詫異地表示。「要

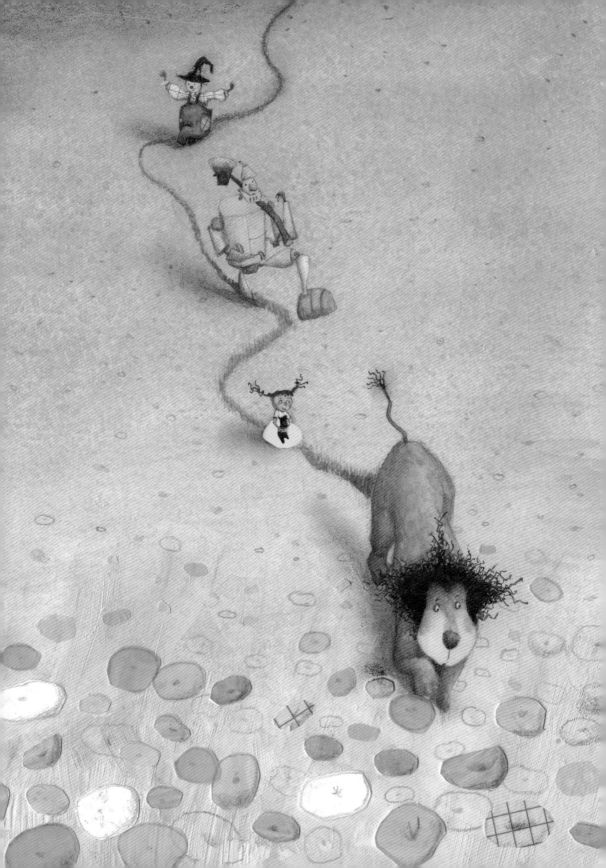

怎麼用？」

「方法就在金帽裡面。」田鼠女王告訴她。「但如果要把飛猴召喚來，我們就必須先離開了，因他們喜歡惡作劇，以折磨我們為樂。」

「牠們會傷害我嗎？」女孩焦急地問。

「噢，不會的，牠們必須服從擁有這頂金帽子的人。再見了！」說完她一下子就消失蹤影了，田鼠們也一溜煙地跟著離開。

桃樂絲看向金帽內側寫有一些文字。她心想，這些文字一定就是咒語了，仔細閱讀說明後將帽子戴回頭上。

「誒——波，嗶——波，咔——科！」她以左腳站立，口中念念有詞。

「妳說什麼？」稻草人問，看不懂桃樂絲在做什麼。

「嗨——囉，呼——囉，哈——囉！」桃樂絲繼續，這次改右腳站立。

「哈囉！」錫樵夫輕聲回應。

「滋——茲，粗——粗，咿！」桃樂絲喊著，現在換成雙腳站立。咒語一結束，隨之傳來一陣嬉鬧與振翅聲，一群飛猴

頓時出現在眼前。

猴王對桃樂絲深深一鞠躬，開口詢問：「請問您有什麼吩咐？」

「我們想去翡翠城，」女孩說，「但是迷路了。」

「我們帶妳過去。」猴王回答，話一說完，就和另一隻飛猴輕輕托起桃樂絲飛向高空。其他猴子也分別拎起稻草人、錫樵夫和獅子，還有一隻小猴子抱住托托跟在後頭，儘管小狗拚命想要咬牠。

一開始稻草人和錫樵夫都很害怕，他們還記得之前是如何被飛猴惡劣對待的。但這次對方沒有惡意，便開心地由他們帶領飛越天際，欣賞底下美麗的花田和樹林。

桃樂絲發現被兩隻大猴子托著蠻輕鬆愜意的，其中一隻是猴王。牠們用手架成椅子，小心翼翼地生怕傷害到她。

「為什麼你們非得服從金帽的咒語？」她問。

「說來話長。」猴王笑著回答，「不過，前方還有很長一段路，若妳想聽的話，我就慢慢說當做打發時間吧。」

「我很樂意聽。」她說。

「曾經。」猴王開始說起故事，「我們自由自在，開心地生活在森林裡，在林間歡快地飛躍，吃著堅果和水果，隨心所欲，不必聽令於任何人。其中有些猴子喜歡惡作劇，會飛下去扯扯那些沒有翅膀的動物的尾巴；追逐鳥兒，對著行經樹林的人類丟堅果。我們無憂無慮，

盡情地享受著每一天每一分鐘。但這是很多年前的事了,遠在奧茲從雲端降臨統治這片領土之前。」

「那時候,遙遠的北方住著一位美麗的公主,她也是個強大的魔法師。她的法力都用來助人,從未傷害過任何一個好人,她的名字叫做葛蕾特。她住在用巨大紅寶石打造成的宏偉宮殿,所有人都愛戴她,但她最大的遺憾是找不到值得她愛的人,因為每個愛慕她的男人都太過愚蠢又醜陋,沒法與美麗又聰慧的她相匹配。最後,她終於找到了一位英俊有男子氣概,且智慧過人的男孩。葛蕾特暗暗決定,等男孩長大後就讓他成為自己的丈夫,於是將他帶回紅寶石宮殿,用盡一切魔法,將他變成每個女子都嚮往的強壯善良又迷人的男子。長大成人後的奎拉拉,這是他的名字,據說成了整個領土最優秀又聰明的男子,模樣也很俊美,讓葛蕾特愛到無法自拔,迫不及待地想把兩人的婚禮張羅好。」

「那時候,我的祖父是飛猴之王,住在葛蕾特宮殿附近的森林裡,比起吃一頓美味晚餐,那老傢伙更喜歡惡作劇。有一天,就在婚禮前夕,我的祖父和夥伴們一起外出飛翔時,正好看到了奎拉拉在河邊散步。他身穿粉紅色絲綢和紫色天鵝絨做的華麗衣裳,祖父見狀,動起了歪腦筋,牠下令飛猴們抓住奎拉拉,帶著他飛到河中央,然後把他扔進河裡。」

「『游上岸啊，好傢伙。』祖父大喊，『看看河水有沒有弄髒了你的衣服啊。』奎拉拉那麼聰明當然會游泳，也絲毫沒有被自己的好運氣慣壞，他笑著浮出水面，游上岸邊。當葛蕾特找到他時，發現絲綢和天鵝絨都被河水毀了。」

「公主氣壞了，也知道是誰幹的好事。她召集所有飛猴。起初，她說要把牠們的翅膀全部綁起來，丟到河裡，讓他們也嚐嚐奎拉拉遭受的罪。祖父拚命求情，牠知道猴子們翅膀被綁的話會淹死的，再加上奎拉拉不忍心，也替飛猴們求情，最後葛蕾特饒恕牠們，但條件是從今往後飛猴必須服從金帽主人的命令三次。這頂帽子是送給奎拉拉的結婚禮物，很是貴重，據說花費公主半個王國的財產。我的祖父和其他飛猴當然同意這個條件，這就是我們必須聽從金帽主人號令三次的原因，無論擁有者是誰都一樣。」

「他們兩人後來怎麼樣了？」桃樂絲問，對這個故事很感興趣。

「奎拉拉是金帽的第一任主人，」猴王回答，「也是第一個對我們下達指令的人。由於他的新娘不願再見到我們，婚後他來到森林召喚我們，命令飛猴們永遠不准出現在公主面前，我們欣然接受，因為大家也都很怕她。」

「在金帽落入西方邪惡女巫手中之前，我們只奉行過這一個指令。後來，我們被女巫脅迫奴役溫基人，將奧茲趕出西方領土。現在妳是

金帽的主人，可以向我們許願三次。」

　　猴王說完故事後，桃樂絲低頭看見了前方翡翠城閃亮的綠色城牆。猴子飛行速度令她詫異，同時也很高興旅程終於結束了。長翼飛猴將旅行者輕輕地放在城門前，猴王朝桃樂絲深深鞠躬後，便迅速離開，身後跟著一幫夥伴。

　　「很棒的飛行。」小女孩表示。

　　「對呀，沒想到就這麼擺脫了困境。」獅子回應。「幸好妳有帶走那頂神奇的帽子！」

發現可怕奧茲
的真面目

四位旅行者走向翡翠城大門，按下門鈴。門鈴響了幾聲後，開門的正是先前見過的大門守衛。

「什麼！你們竟然回來了？」他震驚地問。

「你不是都看見了嗎？」稻草人故意問。

「但我以為你們去找西方邪惡女巫了。」

「我們確實去了。」稻草人再次開口。

「她放你們離開？」那男人嘖嘖稱奇。

「她不得不，因為她融化了。」稻草人解釋。

「融化了！哇，這真是個好消息。」男人說。「誰把她融化了？」

「桃樂絲。」獅子鄭重地回答。

「我的天哪！」男子驚呼，朝女孩深深一鞠躬。

接著他帶領大家進入小房間，將大箱子裡的眼鏡拿出來給每個人戴上並上鎖，就跟之前一樣。接著他們穿過城門進入翡翠城。人們從大門守衛口中得知，桃樂絲把西方邪惡女巫融化了的事情，全都聚攏到這些旅行者身邊，一大群人一起前往奧茲的宮殿。

綠鬍子士兵依然在門前站崗，但他立刻就讓眾人進去，同一位美麗的綠色少女接待他們，帶往先前的房間，讓他們休息等奧茲接見。

士兵直接去稟告奧茲，桃樂絲和其他旅行者回來了，他們殺掉了邪惡女巫，但奧茲沒有作聲。他們以為偉大的巫師會立刻召見眾人，

但並沒有。隔天也沒有他的指令，第三天、第四天依舊悄無聲息。這樣的等待令人疲憊又厭煩，最後他們對奧茲感到惱火，在他們經歷了艱辛和被奴役之後，竟然還被如此對待。稻草人終於忍無可忍，請綠色女孩傳話給奧茲，若不立刻接見他們，就要召喚長翼飛猴來幫忙，看看他到底會不會遵守諾言。奧茲聽了很害怕，馬上讓眾人隔天早上九點四分到會見室來。他曾在西方國度領教過飛猴的厲害，可不想再見到牠們。

四位旅行者一夜難眠，每個人都在想奧茲許諾過的獎賞。桃樂絲只睡了一會兒，夢見自己回到堪薩斯，艾姆嬸嬸告訴她，她的小女孩回家真是太令人高興了。

隔天早上，綠鬍子士兵準時九點前來，四分鐘後帶領所有人一起進入奧茲的會見室。

每個人都以為這位巫師會以之前的樣貌出現，所以當眾人環顧四周卻發現空無一人時，全都非常震驚。他們站在門邊緊緊倚靠在一起，因為空曠寂靜的房間比任何形象的奧茲都要來得可怕。

不久後，一陣莊嚴的聲音傳來，似乎是來自大殿圓頂上方，那聲音說道：

「我是奧茲，偉大又可怕的奧茲。你們為什麼要見我？」

他們再次環顧房間每個角落，但一個人影都沒有，桃樂絲問：「你

在哪裡？」

「我無所不在。」那聲音回答。「但凡人是看不見我的。我將坐上王座，你們可以和我交談。」沒錯，那聲音似乎變成由王座上傳來，大家走近，一字排開站定後桃樂絲開口：

「我們來請您兌現承諾，奧、奧茲。」

「什麼承諾？」奧茲問。

「你答應過我，把邪惡女巫殺死後，就要送我回堪薩斯。」女孩回答。

「你答應要給我腦子。」稻草人說。

「你承諾要給我一顆心。」錫樵夫說。

「你說要給我勇氣的。」膽小獅說。

「邪惡女巫真的死了嗎？」那聲音問，桃樂絲覺得它似乎在顫抖。

「真的，」她回應道，「我用一桶水把她融化了。」

「我的天啊！」聲音驚呼，「太突然了！這個嘛，明天來見我，我得花時間想一想。」

「你已經有過大把時間了。」錫樵夫憤怒道。

「我們一天都等不了了。」稻草人說。

「你必須信守對我們的諾言！」桃樂絲大喊。

膽小獅也想嚇嚇那巫師，便用力咆哮，吼聲既兇猛又可怕，嚇得

托托趕緊跳開，撞倒了角落處的屏風。屏風倏地倒下，眾人都看往那個方向，一個個都震驚了。因為那裡，就在屏風後頭，站著一個滿臉皺紋、禿頭的矮小老頭，他似乎也跟眾人一樣吃驚。錫樵夫舉起斧頭，一邊朝著矮小男人衝過去一邊大喊：「你是誰？」

「我是奧茲，偉大又可怕的奧茲。」矮小男人回答，嗓音打顫。「但別砍我——拜託不要——我會遵照你說的一切。」

這群朋友既吃驚又沮喪地看著他。

「我以為奧茲是一顆大頭。」桃樂絲說。

「我以為奧茲是位美麗的女士。」稻草人說。

「而我以為奧茲是頭恐怖的猛獸。」錫樵夫說。

「我還以為奧茲是一團火球呢。」膽小獅大叫。

「不是，都不是。」矮小男人怯怯地說。「一切都是虛假的。」

「虛假的！」桃樂絲哭喊。「你不是奧茲嗎？」

「噓，親愛的。」他說。「別這麼大聲嚷嚷，會被聽到的，那樣我就完了。所有人都以為我是偉大的巫師。」

「但你不是？」她問。

「完全不是，親愛的，我只是個普通人。」

「不只如此，」稻草人語氣哀傷的說，「你還是個騙子。」

「沒錯！」矮小男人承認，溫和謙遜地搓搓雙手。「我就是個騙

子。」

　　「這未免太糟糕
了。」錫樵夫說。「那
我怎麼拿到心啊？」

　　「或是我的勇氣
呢？」獅子問。

　　「還有我的腦
子？」稻草人哀嚎，
用衣袖抹去眼中的淚
水。

　　「親愛的朋友
們，」奧茲說，「求
求你們別提這些小
事。想想我，還有我
被揭穿後將遇到的那
些可怕的麻煩。」

　　「沒有人知道你
是騙子嗎？」桃樂絲
問。

　　「除了你們四個,還有我自己,沒有人知道。」奧茲回答。「我騙了所有人那麼久,還以為永遠不會被揭穿。讓你們進入會見室真是個天大的錯誤。我連自己的臣民都不見,好讓他們都認為我是個可怕的人物。」

　　「但是,我不明白。」桃樂絲滿臉困惑。「為什麼我見到的你是一顆大頭?」

　　「那是其中一個把戲。」奧茲回答。「請往這邊走,我把一切都告訴妳。」

　　他往會見室後面的小房間走去,大家跟上前。他指了指角落,有顆大頭躺在那裡,那顆頭顱是用厚紙板做成的,上面有張精心描繪的臉。

　　「我用絲線把它垂掛在天花板上。」奧茲解釋。「然後站在屏風後面拉動繩子,控制眼睛、嘴巴的開闔。」

　　「但聲音是怎麼發出來的?」她接著問。

　　「噢,我是腹語師。」矮小男人說。「我可以隨心所欲操縱聲音的方向,所以妳以為是大頭顱在說話。其他騙你們的道具都在這裡。」他給稻草人看了他裝扮成美麗女子時穿戴的洋裝和面具。而錫樵夫看到的恐怖野獸不過是一堆縫在一起的獸皮,內部用一些木板支撐。至於火球,實際上那是一團從天花板吊掛下來的棉花,淋上油後便會熊

熊燃燒。

「確實，」稻草人表示，「你真該為身為一個騙子感到羞恥。」

「對，確實羞恥，」矮小男人憂傷地說，「但我別無選擇。請坐吧，這裡有很多張椅子，我告訴你們我的故事。」

眾人坐下，聽他講起下面這則故事。

「我來自奧馬哈——」

「什麼，那離堪薩斯不遠啊！」桃樂絲大喊。

「是不遠，但離這裡很遠。」他說，憂傷地對著桃樂絲搖頭。「長大後，我成為腹語師，我曾接受一位精通腹語的大師的訓練。我可以模仿任何一種鳥類或野獸的叫聲。」說完，他學小貓喵一聲，托托馬上豎起耳朵四處張望，尋找貓咪的蹤影。「一段時間後，」奧茲繼續說，「我厭煩了，改行成為一名熱氣球駕駛員。」

「那是什麼工作？」桃樂絲問。

「在馬戲團表演日，熱氣球駕駛員要駕著熱氣球升空，目的是吸引群眾圍觀付錢看表演。」他解釋。

「噢，」她說，「我懂了。」

「有一天，熱氣球升空後，用來控制熱氣球的繩子打結了，我下不來。它一路越升越高直到穿透雲層，被一股氣流擊中，便被推送到了好幾英里之外。我飄浮了一天一夜，隔日一早醒來後，我發現熱氣

球飄浮在一個奇異又美麗的國度之上。」

「熱氣球緩緩下降，我完全沒有受傷。不過，我發現自己置身於一群奇特的人群中，看到我從雲層中降落，那些人以為我是神通廣大的巫師。當然了，我就順水推舟，沒有否認，他們都很敬畏我，而且承諾要服從我的所有指令。」

「為了取悅我自己，也為了讓這些善良的人們有事情可做，我下令建造這座城市以及我的宮殿。他們全都心甘情願，也做得很好。然後我想，既然這個國度是如此翠綠又美麗，那就叫翡翠城吧。為了更貼近這個名稱，我要所有人民都戴上綠色眼鏡，這樣一來他們看到的一切便全是綠色的。」

「難道不是所有東西都是綠色的嗎？」桃樂絲問。

「這裡的綠色東西並不比其他城市多。」奧茲回答，「但只要戴上綠色眼鏡，看到的所有東西，當然都變成綠色了。翡翠城是許多年以前建成的，被熱氣球帶到這裡時我還很年輕，現在卻是個老人了。我的臣民們長年戴著綠色眼鏡，以至於大多數人都以為這是座名符其實的翡翠城。這裡無疑是個絕美之地，盛產珠寶及貴金屬，還有一切讓人快樂的好東西。我善待人民，他們也愛戴我。但自從宮殿落成後，我就足不出戶也不再接見任何人。」

「我最大的恐懼之一便是女巫，雖然我一點法力都沒有，但很快

就發現，她們真的能做出很神奇的事。這個國度有四名女巫，分別統治東南西北四方的人民。幸運的是，北方和南方的女巫很善良，不會傷害到我。但東西兩方的女巫邪惡至極，要不是以為我的法力比她們強大，肯定會殺了我的。事實上，這麼多年來我一直活在對她們的恐懼中。所以妳可以想像得到，當我得知妳的房子墜落在東方邪惡女巫身上壓死她時，該有多麼高興了吧。妳來找我時，我很樂意作出任何承諾，只要妳能除掉另一個邪惡女巫。可是現在，儘管妳把她融化掉了，我卻愧於無法信守諾言。」

「我覺得你是個大壞人。」桃樂絲說。

「噢，不是的，親愛的，我真的是好人，但卻是個很糟的巫師，這點我必須承認。」

「你不能給我腦子嗎？」稻草人問。

「你不需要腦子。每一天你都能學習到新的東西。小嬰兒也有腦子，但知道的並不多。**唯有經驗能帶來知識，活得越久定能獲得越多經驗。**」

「這話或許沒錯，」稻草人回應，「但除非你給我腦子，不然我會非常不開心。」

假巫師仔細打量他。

「這個嘛。」他嘆息一聲，「正如我說的，我稱不上是魔法師。

但如果你明天早上來找我，我會替你裝進一些腦子。但我沒法教你怎麼使用，你得自己摸索找到答案。」

「噢，謝謝，謝謝你！」稻草人哭喊著。「我會找到方法的，別擔心！」

「那我的勇氣呢？」獅子焦急地問。

「我相信你已經有足夠的勇氣了。」奧茲說。「你只需要對自己有信心。所有生物面臨危險都會感到害怕。**真正的勇氣是儘管感到害怕依然直面危險**，這樣的勇氣你已經擁有許多了。」

「或許我有，但我還是一樣害怕。」獅子回答。「除非你給我讓我忘卻恐懼的勇氣，不然我一定會非常失望。」

「那好吧，明天我會給你那樣的勇氣。」奧茲回答。

「那我的心呢？」錫樵夫問。

「哎呀，至於這個嘛，」奧茲說，「**我想，你不應該要一顆心。它讓大部分的人都不快樂。若你明白這點，就會很慶幸自己沒有心。**」

「這是個人看法的問題吧。」錫樵夫說。「對我而言，只要給我一顆心，我定會毫無怨言忍受所有不愉快。」

「好吧。」奧茲怯懦地說。「明天來找我，你就能擁有心了。我都扮演假巫師這麼多年了，再多演一下也無妨。」

「那現在，」桃樂絲開口，「我要怎麼回堪薩斯？」

「我們得仔細想想。」矮小男人說。「給我兩三天好好思考，我會想出辦法帶妳穿越那片沙漠。這段時間，你們是我的貴客，我的子民們會隨伺左右，滿足你們即便是最微小的願望。我只求一個回報，不算多吧。你們必須替我保守秘密，不讓別人知道我是騙子。」

他們答應守口如瓶，接著便歡天喜地回房間去了。就連桃樂絲都滿懷期待，那個她口中「偉大又可怕的騙子」能夠想到送她回堪薩斯的方法，只要辦得到，她很樂意原諒這一切。

大騙子
的魔法

16

隔日早晨，稻草人對大家說：

「恭喜我吧。我終於能從奧茲那裡拿到腦子了。回來後我就跟其他人一樣了。」

「我一直很喜歡你原本的樣子。」桃樂絲淡淡地說。

「妳人真好，喜歡我是個稻草人。」他回應。「等妳聽到從我的新腦袋想出來的各種奇思妙想時，絕對會更喜歡我的。」說完，他用歡欣的語調向大家道別，前往會見室敲了敲門。

「請進。」奧茲說。

稻草人走了進去，發現矮小男人正坐在窗邊沉思。

「我來拿我的腦子。」稻草人有點侷促不安的說。

「噢對，請坐上那張椅子吧。」奧茲說。「請見諒，我將取下你的頭，必須這麼做才能把腦子放進正確的位置。」

「沒問題。」稻草人回覆。「儘管拿下我的頭，只要換一顆更好的新腦袋就行了。」

巫師解下他的頭，挖空裡面的稻草。接著他去後面的房間，取了一杓麥麩，裡面混入大量大頭針和縫衣針。徹

底搖晃均勻後，塞入稻草人的頭，並用稻草填滿其餘的空間固定住頭形。

奧茲為稻草人將頭縫回身上後，他說：「從現在起你就是個了不起的人物了，因為我給了你一個嶄新的大腦。」

終於達成心願，稻草人既雀躍又驕傲，熱烈地謝過奧茲後便回去找朋友們。

桃樂絲好奇地看著他，裝有腦子的頭鼓鼓的。

「感覺怎樣？」她問。

「感覺變聰明了，充滿智慧。」他熱切地回答。「等適應新腦子後，我就能理解一切了。」

「為什麼那堆針會從你的頭冒出來啊？」錫樵夫問。

「那證明他的思維現在非常敏銳。」獅子說。

「那麼，我一定要去找奧茲拿心了。」錫樵夫說，他前往會見室敲響大門。

「請進。」奧茲說，錫樵夫進門後說：「我來拿我的心了。」

「好吧。」矮小男人回答。「但我必須在你胸膛鑿開一個洞，才能把心放進正確的位置。希望不會弄痛你。」

「噢，不會的。」錫樵夫說。「我不會感到疼痛的。」

奧茲拿了一把錫匠用的大剪刀，在錫樵夫胸膛左側剪了一個正方

形的小洞。接著，他從抽屜裡拿出一顆漂亮的由絲綢縫製的心，裡頭塞滿鋸屑。

「很美對吧？」他問。

「確實很美！」錫樵夫非常高興。「但這是顆善良的心嗎？」

「噢，非常善良。」奧茲回答。他把心放進錫樵夫胸口，再把方形錫片整齊地焊接回去。

「現在，」他說，「你有一顆所有人都會引以為傲的心了。很遺憾你胸前多了一塊補丁，但實在沒別的辦法。」

「別在意那塊補丁了。」快樂的錫樵夫說。「真是太感謝了，我會永遠記住你的好意。」

「別這麼說。」奧茲回應。

錫樵夫回到朋友身邊，大家為他能幸運地達成所願，紛紛送上祝福。

接著輪到獅子，他走向會見室前敲了敲門。

「請進。」奧茲說。

「我來領取我的勇氣了。」獅子一腳踏進房間後說。

「好吧，」矮小男人說，「我會給你的。」

他走向櫥櫃，從高高的層架上取下一個綠色的方形瓶子，然後把裡頭的液體倒進一個精美的金綠色盤子裡。他把盤子擺在膽小獅面前，獅子聞了聞，似乎不太喜歡，但巫師說：

「喝吧。」

「這是什麼？」獅子問。

「這個嘛，」奧茲回答，「喝下它就會變成你的勇氣。你肯定知道的，勇氣是內在之物，因此在你吞下之前這還不算是勇氣。所以我建議你儘快喝掉。」

獅子不再猶豫，喝到一滴也不剩。

「現在感覺如何？」奧茲問。

「勇氣滿滿。」獅子回答。歡天喜地回到朋友身邊，分享自己的好運。

獨自一人的奧茲，微笑著回想，自己成功地讓稻草人、錫樵夫和獅子都獲得了滿心期盼的東西。他說：**「當這些人都要我做一些眾人皆知不可能完成的事情。不當個騙子還能怎麼辦呢？讓稻草人、獅子**

和錫樵夫開心很容易，因為他們認為我無所不能。然而要將桃樂絲送回堪薩斯，需要的不只是想像力，我很確定自己辦不到啊。」

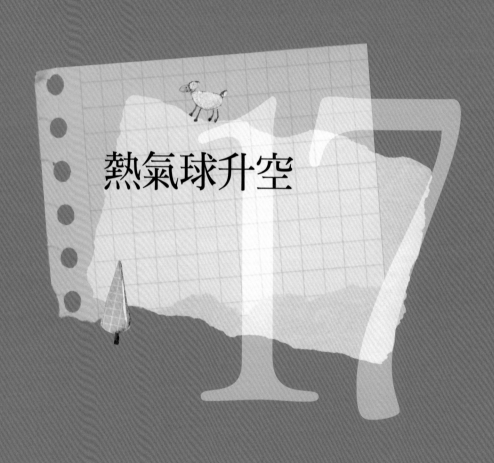

熱氣球升空

三天過去了，桃樂絲沒有收到任何奧茲的消息。儘管她的朋友們全都開心又滿足，但這幾天對這小女孩而言很是難過。稻草人說他的腦子裡有些很棒的想法，但不肯透露內容，因為他知道除了自己，沒有人會理解。錫樵夫走動時，能感覺到心臟在胸膛內怦怦跳，他告訴桃樂絲，他發現這顆心，比他身為血肉之軀時所擁有的那顆更加善良柔軟。獅子宣稱他現在天不怕地不怕了，哪怕面對一支軍隊或十二隻兇猛的卡利達，他也會勇敢迎戰。

除了桃樂絲之外，每個人都很滿意，她比任何時候都更渴望能回到堪薩斯。

第四天傳來振奮人心的消息，奧茲要接見她了，進入會見室後，他歡快地問候：「坐吧，親愛的，看來有辦法送妳離開這個國度了。」

「回去堪薩斯嗎？」她急切地問。

「這個嘛，我不敢保證。」奧茲說，「因為我完全不知道堪薩斯在哪個方向。但首先要做的是穿越沙漠，然後再找回家的路，應該就很容易了。」

「我要怎麼穿越沙漠？」她問。

「嗯，聽聽我的點子。」矮小男人說。「你看，我是乘著熱氣球來到這個國度的。妳也是從天而降，被龍捲風捲到這裡。所以我認為，穿越沙漠最好的方式就是從天空飛越過去。當然，我沒有能力製造一

場龍捲風，但我想了很久，我想可以製作一個熱氣球出來。」

「要怎麼做？」桃樂絲問。

「熱氣球可以用絲綢做，」奧茲解釋，「再塗上膠水，讓裡面的氣體不會外洩。我的宮殿裡有大量絲綢，要做熱氣球不是問題。但這裡沒有能填充進氣球讓它飄浮起來的氣體。」

「如果不能飄浮，」桃樂絲表示，「那就沒有用了。」

「沒錯。」奧茲回答。「但還有一種可以讓它飄浮的方式，就是灌滿熱空氣。熱空氣效果沒那麼好，一旦冷卻下來，熱氣球就會墜落在沙漠上，這麼一來我們就會迷路。」

「我們！」女孩大叫。「你也要一起去嗎？」

「對啊，當然了。」奧茲回答。「我厭倦了當個騙子。一旦踏出宮殿，我的子民們很快就會發現我根本不是巫師，這樣他們會因為受欺騙而氣惱。所以我不得不整天躲在房裡，這種生活讓人煩透了。我寧願和妳一起回堪薩斯，再回去馬戲團工作。」

「我會很高興有你的陪伴。」桃樂絲說。

「謝謝妳。」他回答。「現在，要是妳能幫忙把絲綢縫在一起，就能開始製作熱氣球了。」桃樂絲聽到後拿起針線，等奧茲將絲綢裁成適當的形狀，她便俐落整齊地將它們縫合。淺綠色的絲綢連著深綠色還有翡翠綠，因為奧茲想要用深淺不一的顏色來製作熱氣球。他們

花了三天才全部縫合妥當，最後的成品看起來像是一個二十多英尺長的碧綠絲綢袋。

接下來，奧茲在內層塗上一層薄薄的膠水，用來密封防止漏氣。之後他宣佈熱氣球完成了。

「但我們得有一個乘坐的籃子才行。」他說。吩咐綠鬍子士兵去拿一個大洗衣籃，用繩子把籃子牢牢地綁在熱氣球底部。

準備就緒後，奧茲向人們宣佈，他將去拜訪住在雲端的巫師兄弟。消息迅速傳遍整個城市，每個人都前來觀看這壯觀的一幕。

奧茲下令把熱氣球抬到宮殿前，所有人全都好奇地盯著它。錫樵夫之前已砍好一大堆木柴，柴堆點燃後，奧茲將熱氣球的底部放在火堆上，好讓升騰起來的熱空氣能灌入絲綢氣球裡。熱氣球逐漸鼓脹，緩緩升空，最後只剩籃子輕觸到地面。

奧茲邁進籃子，高聲對子民說：

「我要出發去旅行了，我不在的期間由稻草人統治這裡。我命令你們像服從我一樣服從他。」

此時，熱氣球正猛烈地拽著固定在地面的繩子，因為內部的熱空氣比外面空氣輕，形成一股推力將整個熱氣球拉往高空。

「快上來吧，桃樂絲！」巫師大喊。「快點，不然熱氣球要飛走了。」

「我找不到托托，」桃樂絲回應，她不想丟下小狗。托托跑到人群裡，正對著小貓咪汪汪叫，最後桃樂絲終於找到他。她將小狗抱起，一路跑向熱氣球。

就差幾步了，奧茲伸出手臂想幫她拉進籃子，突然，繩子啪嗒一聲斷裂，還沒有載到桃樂絲就升上天空了。

「回來啊！」她哭喊。「我也要走啊！」

「我回不去啊，親愛的。」奧茲在籃子裡大喊著。「再見了！」

「再見！」群眾呼喊著，所有的目光都轉向上空熱氣球的方向，看著籃子裡的奧茲逐漸升空高飛。

這是他們最後一次見到偉大的巫師奧茲，也許，他早已平安抵達奧馬哈，且定居在那裡了。可是，翡翠城的人們卻深深地懷念他，口耳相傳：

「奧茲永遠是我們的朋友。他在這裡時為我們建造了美輪美奐的翡翠城，如今他離開了，又留給我們稻草人這位明君。」

話雖如此，他們還是為失去偉大的巫師感到悲傷，且久久不能平復。

前往南方

18

桃樂絲因為回去堪薩斯的希望再次破滅而痛哭，等平靜下來仔細一想，她又很慶幸沒有搭上熱氣球離開。失去奧茲，她和夥伴們都感到難過。

錫樵夫過來找她，說道：

「奧茲給了我這顆如此美好的心，如果我不為他的離開難過，那就真的太忘恩負義了。我想好好哭一下，妳能不能好心幫我擦掉眼淚呢，這樣我才不會生鏽。」

「我很樂意。」桃樂絲立刻拿來一條毛巾。錫樵夫哭了好幾分鐘，一看到流淌的眼淚，她便用毛巾一一擦乾。終於哭完後，他親切地道謝，拿出鑲滿寶石的油罐替自己上油以防生鏽。

現在，稻草人成了翡翠城的統治者，雖然他不是巫師，但人民仍以他為傲。「因為呢。」他們表示：「再也沒有第二個城市，是由稻草人統治的。」目前看來，他們說的非常正確。

熱氣球和奧茲一同離開的隔天早晨，四位旅行者在會見室商議事情。稻草人坐在巨大的王座上，其他人畢恭畢敬地站在他面前。

「其實我們也沒有那麼不幸。」新的統治者說，「因為這座宮殿和翡翠城都歸我們所有了，我們可以隨心所欲。記得不久前，我還被農夫插在玉米田中，現在我則是這座美麗城市的統治者，我對自己的命運滿意極了。」

「我也是。」錫樵夫附和,「我非常喜歡新的心,這確實是全世界我最想擁有的東西。」

「至於我呢,知道自己即便不比其他猛獸更勇敢,但至少不輸給他們,我就非常滿足了。」獅子謙虛地說。

「要是桃樂絲願意住在翡翠城,」稻草人繼續說,「我們就能開心生活在一起了。」

「但我不想住在這裡。」桃樂絲啜泣。「我想回堪薩斯,想跟艾姆嬸嬸和亨利叔叔住在一起。」

「那麼,該怎麼辦呢?」錫樵夫問。

稻草人決定好好想個辦法,絞盡腦汁,想到大頭針和縫衣針都刺出腦袋了。最後他開口:

「為什麼不呼叫長翼飛猴,請牠們帶妳飛越沙漠呢?」

「我完全沒想到!」桃樂絲歡欣鼓舞。「就這麼辦。我馬上去拿金帽。」

把帽子帶回會見室後她開始唸咒語,隨後一大群飛猴便從敞開的窗戶飛進來,站在她身旁。

「這是您第二次傳喚我們。」猴王說,對著小女孩鞠躬。「您有何吩咐?」

「我想讓你們帶我去堪薩斯。」桃樂絲說。

但猴王搖了搖頭。

「這我們辦不到。」他回答。「我們只屬於這個國度，不能離開。從來沒有飛猴去過堪薩斯，我想以後也不會有，因為那裡不是我們的領地。我們很樂意為您效勞，但我們無法飛過沙漠。再見了。」

再一次鞠躬後，猴王展開雙翼飛出窗外，手下們追隨在後。

桃樂絲失望地哭出來。「我白白浪費了金帽的魔力，」她說，「因為飛猴幫不了我。」

「這真是太糟了！」善良的錫樵夫說。

稻草人再度想辦法，他的頭鼓脹得可怕，桃樂絲很怕它會炸開。

「我們把綠鬍子士兵叫進來吧，」他說，「問問他有什麼建議。」

士兵被叫進會見室，他看起來有點膽怯，因為奧茲統治時他從來不被允許踏進這裡。

「這位小女孩，」稻草人告訴士兵，「希望能橫越沙漠。她應該怎麼做才好？」

「我不知道，」士兵回答，「從來沒有人穿越沙漠，除了奧茲。」

「沒有人可以幫忙嗎？」桃樂絲心急如焚。

「葛琳達或許有辦法。」他提議。

「誰是葛琳達？」稻草人問。

「是南方女巫。她是所有女巫中法力最強大的，統治奎德林人。

她的城堡就位在沙漠邊緣，或許知道橫跨沙漠的辦法。」

「葛琳達是善良女巫對吧？」女孩問。

「奎德林人是這麼認為的。」士兵回答，「她對所有人都很和善。我聽說葛琳達很漂亮，雖然活了這麼多年，但她懂得永保青春的魔法。」

「要怎麼去到她的城堡呢？」桃樂絲詢問。

「有一條路直達南方，」士兵說，「但據說對旅行者而言危險重重。森林裡有野獸埋伏，還有一群古怪的人，他們不喜歡陌生人穿越自己的領土。正是因為如此，從來沒有奎德林人來過翡翠城。」

士兵離開後，稻草人說：

「即便很危險，但對桃樂絲來說，最佳辦法就是前往南方，尋求葛琳達的協助。若繼續留在這裡，就永遠回不去堪薩斯。」

「你肯定又在思考了吧？」錫樵夫說。

「我確實想過了。」稻草人回應。

「我要和桃樂絲一起去。」獅子說，「因為我厭倦了翡翠城，想回到森林和原野。你們知道的，我是一頭真正的野獸。再說了，桃樂絲也需要有人保護。」

「沒錯。」錫樵夫同意。「我的斧頭或許能幫上忙，所以我也要和她一起去南方。」

「我們什麼時候出發？」稻草人問。

「你要去嗎？」他們驚訝地問。

「這還用說，若不是桃樂絲，我永遠不會有腦子。她將我從玉米田中的木樁解救下來，帶我來到翡翠城。我的好運全歸功於她，在她能平安回到堪薩斯之前，我絕對不會離開她。」

「謝謝你們。」桃樂絲滿懷感激。「你們對我真好。不過我想盡快出發。」

「我們明天一早啟程吧。」稻草人說。「現在我們都去好好準備，因為這將是一段漫長的旅程。」

被戰鬥樹襲擊

19

第 二天早晨，桃樂絲與美麗的綠色少女吻別，綠鬍子士兵護送所有人到城門前，一一握手告別。大門守衛再次見到眾人很是驚訝，不明白這些人竟然要離開這座美麗的城市，他們有可能會招惹新的麻煩。不過，他還是立刻解開大家的眼鏡，收好放回綠色箱子，並真誠地送上諸多祝福。

「您是我們的新任統治者，」他對稻草人說，「所以請您務必儘快回來。」

「如果可以，我定會儘早回來，」稻草人回覆，「但首先我必須協助桃樂絲回家。」

桃樂絲向和善的守衛道別：

「在您守衛的這座美麗的城市，我受到非常友善的對待，每個人都對我很好。我不知如何表達我的感激之情。」

「沒關係的，親愛的。」他說。「我們也很希望妳能留下，但既然妳想回去堪薩斯，那我祝福妳一切順利。」語畢他打開外牆的城門，眾人離開，踏上新的旅程。

陽光燦爛，我們這群朋友朝著南方之地前進了。他們神采飛揚，有說有笑。桃樂絲再次滿懷希望，稻草人和錫樵夫很高興自己能派上用場。至於獅子，他開心地嗅了嗅新鮮空氣，興奮地左右擺動尾巴，沉浸在能再次回到原野的喜悅中。托托則在他們身邊跑跑跳跳，追逐

飛蛾與蝴蝶，一路都雀躍地汪汪叫個不停。

「城市生活一點也不適合我。」在大家都踏著輕快的步伐前進時，獅子說。「住在翡翠城我瘦了好多。現在，我迫不及待想向其他野獸展示我變得多麼勇敢。」

他們轉身再看翡翠城最後一眼。眼前所見只有綠色城牆後面一幢幢高樓與尖塔，其中還有高高聳立的奧茲宮殿的塔樓和圓頂。

「奧茲畢竟也不算是個太糟糕的巫師。」錫樵夫說，他能感覺到心臟在胸膛內撲通撲通地跳。

「他知道怎麼給我腦子，而且是顆非常睿智的腦袋。」稻草人說。

「如果奧茲也喝下一些他送給我的勇氣，」獅子補充，「那他會是個勇敢的男人。」

桃樂絲不發一語。奧茲並沒有實現對她的承諾，但他盡力了，所以桃樂絲選擇原諒。正如他所說，雖然他是個糟糕的巫師，但卻是個好人。

第一天的旅程，他們穿越過環繞翡翠城四周的綠色原野和鮮豔花田。那天晚上他們在草地上過夜，頭頂上除了星光璀璨之外，一片空曠，但大家都睡得很好。

隔日早晨，大家繼續前進，來到一片濃密的森林。舉目望去，樹林朝左右兩端延伸，似乎沒有盡頭，沒有別的路可以繞過樹林；而且，

他們也不敢冒然改變前進的方向，生怕會迷路，所以想找出一處最容易進入樹林的地方。

負責帶路的稻草人，終於發現一棵枝幹寬闊的大樹，底下有足夠的空間供他們行走。於是他率先朝那棵樹走去，但才走到前幾根枝幹下，那些樹枝忽然彎曲下來將他捆住，下一分鐘他就被捲到空中，接著又被甩開，一頭栽到了夥伴們之間。

稻草人沒有受傷，但著實嚇了他一跳，桃樂絲扶他起來時，他似乎還暈頭轉向的。

「這邊樹下也有一個空隙。」獅子說。

「還是讓我先試試吧。」稻草人表示，「反正我被拋來拋去也不會受傷。」他依言走向另一棵樹，但那些樹枝立刻抓住他，把他扔回原處。

「真奇怪！」桃樂絲感到困惑。「該怎麼辦呢？」

「看來這些樹鐵了心要攻擊我們，阻擋我們的去路。」獅子斷言。

「換我試試。」錫樵夫說。他舉起斧頭向第一棵粗魯對待稻草人的樹走去。當樹枝彎下來準備發動攻擊時，錫樵夫猛力一砍將它劈成兩半。那棵樹的所有枝葉立刻顫動起來，似乎很痛，錫樵夫則安全地從下方走過。

「來吧！」他朝眾人大喊。「動作快！」所有人拔腿向前跑，安

然無恙地通過這些樹木，除了托托，他被一根小樹枝纏住甩來甩去，嚇得尖聲驚叫。錫樵夫馬上砍斷那根樹枝，幫小狗脫困。

　　森林裡的其他樹木並沒有再找他們的麻煩，因此大家斷定只有第一排的大樹能彎下枝葉，這些樹搞不好是森林裡的警察，被賦予阻擋陌生人進入的特殊能力。

　　四位旅行者輕鬆地穿越森林，最後抵達森林的另一端。令他們感到意外的是，眼前有一堵似乎是由白瓷砌成的高牆。瓷牆光滑平整得像一個盤子，牆身高過他們的頭頂。

　　「現在要怎麼辦？」桃樂絲問。

　　「我來做個梯子吧，」錫樵夫回答，「我們必定得爬過高牆才能過去。」

精緻的
陶瓷城

當錫樵夫從森林裡找來一些木頭製作梯子的時候，桃樂絲躺下來睡著了，走了這麼長一段路她累壞了。獅子也蜷縮成一團沉睡著，一旁躺著托托。

稻草人看著錫樵夫工作，對他說：

「我想不透為什麼這堵牆會在這裡，也不知道是用什麼材質砌起來的。」

「讓大腦休息一下吧，別擔心牆的事了。」錫樵夫回答。「爬過牆後，就知道裡面有什麼了。」

不久之後梯子完成，看起來很粗糙，但錫樵夫保證很堅固實用。稻草人叫醒桃樂絲、獅子和托托，告訴他們梯子準備好了。稻草人首先爬上木梯，但動作很笨拙，桃樂絲得緊跟在後面，以防他摔下來。當稻草人的頭越過高牆時，他驚呼出聲，「噢，我的天哪！」

「繼續走啊！」桃樂絲提醒。

稻草人繼續往上爬，然後在牆頭坐下來。桃樂絲探頭看過去，也和稻草人一樣忍不住大喊，「噢，我的天哪！」

接著是托托，一到牆頭便開始叫，但桃樂絲要他安靜下來。

下一個爬上階梯的是獅子，最後是錫樵夫，兩個人一探出牆頭也都大喊，「噢，我的天哪！」等他們都坐上牆頭後，大家一齊低頭看向眼前奇特的景象。

映入眼簾的是一座廣袤的城市，潔白光滑的地面像一只碩大的淺盤底部。四處可見色彩鮮豔由陶瓷砌成的房屋，這些房子都很小，最高也只到桃樂絲的腰部。還有許多漂亮的小穀倉，外頭圍著陶瓷籬笆，裡面有成群的牛、羊、馬、豬、雞，全是陶瓷做的。

不過，最古怪的是這座奇異城市的居民了。有擠奶女工和牧羊女，她們身穿鮮艷的緊身上衣及綴滿金色圓點圖案的連衣裙；公主們穿著華麗的銀色、金色、紫色相間洋裝；牧羊人穿著及膝馬褲，綉著粉色、黃色和藍色條紋，鞋子上還有金色的扣帶；王子們頭戴鑲滿珠寶的王冠，身穿綢緞緊身上衣及外罩貂皮長袍；滑稽的小丑則穿著荷葉領的袍子，臉頰上畫著紅色圓點，頭戴高高的尖帽。最奇怪的是，這些人都是陶瓷做的，甚至連衣服也不例外，而且都非常迷你，最高的也只到桃樂絲的膝蓋。

一開始沒有人注意到這些旅行者，除了一隻頭大大的紫色小瓷狗跑到牆邊，低低地朝他們吠叫幾聲便跑開了。

「我們要怎麼下去？」桃樂絲問。

他們發現梯子太重了，沒辦法搬起來，於是稻草人便率先跳下瓷牆躺下來，讓其他人跳到他身上，以免被堅硬的地板弄傷腳。當然了，他們都盡量避開他的頭，不然會被大頭針扎到。所有人都安全落地後，他們扶起被踩扁的稻草人，拍一拍讓他恢復原狀。

「我們必須穿越這個奇怪的地方，才能到達另一端，」桃樂絲說，「繼續往南方前進，不遠繞其他的路才是明智的選擇。」

他們開始穿越陶瓷城。首先遇到的是擠奶女工，她正幫一頭乳牛擠奶。他們快接近時，乳牛突然一腳踢翻凳子和水桶，連擠奶女工也一起被踢倒，哐噹一聲摔倒在陶瓷地板上。

看到乳牛的腿斷掉了，水桶摔成小碎片，可憐的擠奶女工左手肘也磕破了一個洞，桃樂絲大驚失色。

「喂！」擠奶女工憤怒地哭喊。「看看你們做得好事！我的牛腿斷了，我得帶牠去修理店那裡把腿重新黏好。你們為什麼跑到這裡來嚇唬我的牛？」

「我很抱歉。」桃樂絲道歉。「請原諒我們。」

但漂亮的擠奶女工氣得不說話。她惱火地撿起那條腿，牽著乳牛走了，那隻可憐的動物靠三條腿一瘸一拐地走著。離開時，擠奶女工回頭用責備的目光瞪著這群蠢笨的陌生人，受傷的手肘緊緊貼在身側。

發生這起意外，桃樂絲覺得非常難過。

「在這裡一定要非常小心。」善良的錫樵夫說，「不然，我們很可能會對這些漂亮的小人偶，造成難以彌補的傷害。」

往前又走了一小段路，桃樂絲遇見一位穿著非常漂亮的小公主，她一見到這群陌生人便停下腳步，接著轉身跑開。

　　桃樂絲想再看看公主的樣子，便追了過去。但瓷器小女孩大叫：

　　「別追我！別追我呀！」

　　她的聲音聽起來如此害怕，桃樂絲只好停下腳步，然後問：「為什麼呢？」

　　「因為。」公主也停下了腳步，跟桃樂絲保持安全距離。「我一跑就有可能會跌倒，那樣會摔破的。」

　　「但妳不能修補嗎？」女孩問。

　　「噢，可以的。但妳知道的，修補過後就不如原先漂亮了。」公主回答。

　　「我想是的。」桃樂絲說。

　　「看，那位是小丑先生，我們這裡的一名小丑。」瓷器少女繼續說，「他總是想用頭倒立，所以經常摔破自己，修補過好幾次，看起來一點都不漂亮。他過來了，妳可以親眼瞧瞧。」

　　確實，一個快活的小丑朝他們走近，桃樂絲發現，即便他穿著紅黃綠相間的漂亮服裝，但身上布滿了裂痕，很顯然

有多處修補過的痕跡。

　　小丑雙手插在口袋，鼓著臉頰，調皮地朝他們點點頭後開口唸出打油詩：

「美麗的淑女呀，

為什麼盯著可憐的老小丑先生呢？

妳僵硬又一本正經，

像是吞下了一根撥火棍！」

　　「安靜點，先生！」公主命令。「沒看到他們是外地來的陌生人嗎，對人不應該尊重嗎？」

　　「這個嘛，我猜這應該算是尊重吧。」小丑說完，馬上用頭倒立。

　　「別理小丑先生。」公主對桃樂絲說。「他的頭破得厲害，害他變成了蠢蛋。」

　　「噢，我一點都不在意。」桃樂絲說。「但妳好漂亮喔，我特別喜歡妳。妳要不要讓我把妳帶回堪薩斯，擺在艾姆嬸嬸的壁爐架上？我可以把妳放在籃子裡。」

　　「那我會非常不開心的。」瓷器公主說。「妳看，在這裡我們很

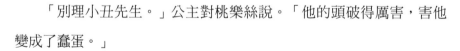

滿足，可以隨心所欲、自由走動。但一旦被帶走，我們全身關節就會立刻變得僵硬，只能直挺挺地站著讓人觀賞。除了供人欣賞，我們什麼也做不了。相較之下，生活在這裡，我們會更加快樂。」

「我絕對不會讓妳變得不開心的！」桃樂絲篤定地說。「所以說現在我應該跟妳說再見囉。」

「再見！」公主回應。

他們小心翼翼地走過陶瓷城。小動物和人們全都嚇得躲得遠遠的，生怕被碰碎了。大約過了一個小時，旅行者們抵達城市的另一端，看見了另一座城牆。

城牆看起來似乎很高，但站在獅子的背上，所有人都能順利爬過去。接著獅子弓起雙腿縱身一躍，跳過了高牆，但就在他跳起來的時候，尾巴甩到了一座陶瓷教堂，把它打得粉碎。

「真是糟糕啊，」桃樂絲說，「但我們該慶幸，除了弄斷母牛的腿與打碎教堂之外，沒有對這些小瓷偶造成更嚴重的傷害。他們真是太脆弱了！」

「沒錯。」稻草人說，「幸好我是稻草做的，不會這麼容易被破壞。沒想到世界上還有比身為稻草人更糟糕的事呢。」

獅子成為
萬獸之王

翻越城牆後，旅行者們發現自己來到一處令人討厭的地方，到處都是雜草叢生的沼澤和泥塘。有點寸步難行，因為雜草太厚掩蓋住路徑，很難不掉到泥坑裡。不過呢，通過仔細辨識可以通行的路跡，最後還是安全地踏上堅硬的地面。但眼前這片原野似乎更加荒涼頹敗，經歷一段長途又累人的跋涉才得以穿過茂密的灌木叢，最後他們又來到另一座森林，這裡的樹木遠比先前所見過的更加古老粗壯。

「這座森林真是太棒了。」獅子開心地環顧四周表示。「從沒看過比這更漂亮的地方。」

「感覺好陰森。」稻草人說。

「一點都不陰森啊。」獅子回答。「我會很樂意在這裡住一輩子。看哪，腳下這些枯葉多麼柔軟，攀附在這些老樹上的苔蘚多麼茂密青翠。這裡是野獸夢寐以求的舒適家園。」

「搞不好森林裡有些野獸。」桃樂絲說。

「應該有的。」獅子說，「但一隻都沒有看到。」

他們穿過樹叢，直到天黑得沒有辦法繼續趕路。桃樂絲和托托以及獅子躺下來睡覺，錫樵夫和稻草人則和往常一樣負責守衛。

太陽升起後，他們重新上路。還未走遠，就聽到一陣低沉的吼聲，彷彿有許多野生動物一齊咆哮。托托嗚咽了幾聲，但其他人毫無懼意，繼續沿著那條被踩踏出來的小路前進，最後來到了森林中的一處空地，

那裡聚集了數百隻各式各樣的動物。有老虎、大象、熊、野狼、狐狸還有自然界各種生物。那一瞬間桃樂絲很害怕，但獅子解釋道，這些動物正在開會，從牠們的咆哮和嚎叫聲判斷，應該是遇上了大麻煩。

　　有幾隻動物轉過頭來看到膽小獅，霎那間，所有動物像是被施了魔法般定住，鴉雀無聲。一隻體型最大的老虎走向獅子鞠了一躬，開口道：

　　「歡迎，我們的萬獸之王！您來的正是時候，可以幫我們擊敗敵人，為森林裡的動物們重新帶來和平嗎？」

　　「你們遇到了什麼麻煩？」獅子輕聲地問。

　　「我們生命受到威脅！」老虎說，「最近，森林裡來了一個十分凶猛的敵人。那頭惡魔長得像是一隻巨型蜘蛛，身體跟大象一樣龐大，有八隻長腳，腳像樹幹一樣又長又粗。每當牠在森林裡爬行，就會用一隻腳抓住沿途經過的動物，送入口中，就像蜘蛛吃掉蒼蠅一樣。只要這頭野獸不死，我們就會一直處於危險中。在您來之前，我們正在召開會議討論該如何保護自己。」

　　獅子稍微想了一下。

　　「這片森林裡有其他獅子嗎？」他問。

　　「沒有，之前有幾隻，但全被怪物吃掉了。而且，他們都不像你這麼魁梧勇敢。」

「如果我替你們除掉敵人，你們會俯首稱臣，尊崇我為森林之王嗎？」獅子問。

「我們很樂意。」老虎回答。其他野獸也異口同聲大吼：「我們願意！」

「那隻大蜘蛛現在在哪裡？」獅子問。

「在那邊，橡樹叢間。」老虎用前腳指了指。

「替我好好照顧我的朋友們，」獅子要求，「我馬

上去對付這頭怪獸。」

　　他向夥伴們告別，昂首闊步地找敵人作戰去了。

　　獅子找到大蜘蛛時，牠正在睡覺，樣貌醜陋，連獅子都厭惡到忍不住皺皺鼻子。牠的腳跟老虎形容得一樣長，全身還長滿粗糙的黑毛。牠有張血盆大口，一排尖銳的牙齒足足有一英尺長，但連接牠的頭部和肥胖身體的脖子，卻細得像黃蜂的腰肢。觀察完對手，讓獅子找到了最佳攻擊手段，且趁牠睡覺時發動攻擊也比清醒時更加容易，獅子猛力一跳，直接坐上那惡魔後背。緊著接，厚實有力的前爪奮力一擊，大蜘蛛便身首分離了。然後，獅子跳回到地面盯著野獸，看著那堆長腳停止扭動，確定對手已經死透了。

　　獅子回到森林空地，野獸們都在那裡等他，獅子驕傲地宣布：

　　「你們再也不需要害怕敵人了。」

　　眾野獸們俯首稱臣，擁立獅子為王，獅子也承諾等桃樂絲安全回到堪薩斯，就立刻回來治理這片森林。

奎德林

四位旅行者平安穿越森林，走出那片陰暗之後，眼前是一座滿佈岩石的嶙峋山丘。

「很難爬上去啊。」稻草人說，「但不管如何，我們都得翻越過這座山丘。」

於是由他領軍，其他人跟隨在後。快抵達第一塊岩石的時候，他們聽到粗暴的聲音喊道，「後退！」

「是誰？」稻草人問。

岩石後方探出一顆頭，用同樣的嗓音說：「這座山丘屬於我們，不允許任何人通過。」

「但我們非過去不可。」稻草人說。「我們要去奎德林。」

「不行！」那聲音說，一邊從岩石後頭走出來，他是一個這群旅行者從未見過長相最怪異的男子。

他又矮又壯，長著一顆頭頂扁平的大頭，支撐大頭的脖子滿是皺紋，但他沒有手臂。稻草人見狀，一點都不擔心，覺得對方無法阻擋他們。於是他說：「很抱歉不能如你所願，不論你同不同意，我們都必須翻越過這座山丘。」語畢，便大膽地向前走。

突然，怪人的腦袋像閃電般迅速向前彈射，脖子伸得很長直到那扁平的頭頂擊中稻草人，打得他一路滾落到山腳邊。然後，就跟突然彈出時一樣，那男子的頭又以迅雷不及掩耳的速度縮回身上，接著他

哈哈大笑道：「沒你想的那麼容易！」

一陣喧鬧刺耳的笑聲從其他岩石中傳出來，桃樂絲看到山坡上出現數百個無臂槌頭人，每塊岩石後面都有一個。

聽到那陣針對稻草人被擊落的意外的訕笑聲，獅子很生氣，他發出如雷鳴的怒吼衝上山丘。

又有一顆頭猛然飛射出來，大獅子就像遭受炮彈襲擊般滾下山坡。

桃樂絲跑下去扶起稻草人，渾身痠痛又瘀青的獅子也走過來，說道：「跟這堆會彈射頭顱的怪人繼續纏鬥是沒有用的，沒人打得過他們。」

「那我們該怎麼辦？」桃樂絲問。

「呼叫長翼飛猴。」錫樵夫提議。「妳還有一次傳喚他們的權力。」

「好吧。」她喃喃回答。戴上金帽唸出咒語。一轉眼，飛猴們全都整齊地站在她的面前。

「您有何吩咐？」猴王鞠躬詢問。

「帶我們飛越山丘，抵達奎德林。」女孩回答。

「遵命。」猴王回答。飛猴們立刻用手臂抱起四位旅行者和托托飛向高空。當飛越山頂時，無臂槌頭人氣得大吼大叫，紛紛把頭射向天空，但根本打不到飛猴，飛猴帶領桃樂絲和夥伴們安全地飛過陡峭山丘，降落在奎德林人美麗的領地上。

「這是您最後一次召喚我們。」首領對桃樂絲說。「再見，祝妳好運。」

「再見了，非常謝謝你們。」女孩回應。猴子們飛向空中，轉眼間沒了蹤影。

奎德林人的領地看起來富裕又充滿快樂的氣息。綿延的田野滿佈即將成熟的穀物，鋪設良好的道路蜿蜒在田地間，波光粼粼的溪流上架有堅固的橋樑。籬笆、房屋和橋樑全是紅色的，就跟漆成黃色的溫基、蔚藍的蒙奇金一樣。奎德林人身材矮胖，看起來圓滾滾又和藹可親，他們全都身穿紅色服裝，在綠草和澄黃的穀物的映襯下顯得格外鮮豔。

飛猴將眾人放在一間農舍旁，四位旅行者走上前去敲門。開門的是農夫的妻子，桃樂絲詢問有沒有食

物可以給他們吃，婦人為他們準備
一頓豐盛的餐點，三種蛋糕、
四種餅乾，托托也獲得了一
碗牛奶。

「這裡距離葛琳達的城
堡還有多遠？」女孩問。

「不會太遠。」農夫
的妻子說。「沿著那條
通往南方的路走，很
快就到了。」

謝過好心的農婦後，眾人重新踏上旅程，走過田野，穿過小溪，
來到一座絕美的城堡前。城門前站著三名年輕女孩，她們統一穿著綴
有金色穗帶的紅色制服。桃樂絲走上前，其中一人開口：

「你們為什麼來到南方之地？」

「我們想拜見統治這裡的善良女巫。」她回答。「可以帶我去見
她嗎？」

「請告訴我名字，我會請示葛琳達是否願意接見你們。」他們報
上自己的名字後，女士兵進入城堡。過了一會，她回來告訴桃樂絲和
其他人，女巫請他們進去。

葛琳達
助桃樂絲
實現願望

不過，在見到葛琳達之前，他們先被帶往城堡內的房間，桃樂絲在裡頭梳洗，獅子抖了抖鬃毛上的塵土，稻草人將自己收拾成最好的模樣，錫樵夫把錫皮擦得亮澄澄，替關節上油。

梳整好儀容後，眾人跟隨女士兵進入一個大房間，葛琳達女巫就坐在裡頭的紅寶石王座上。

在他們眼中，這位女巫既年輕又漂亮。披肩長髮是飽滿的朱紅色，身上是純白色的洋裝，眼睛是湛藍色的，眼神和善地望著小女孩。

「我能為妳做些什麼呢，女孩？」她開口道。

桃樂絲向女巫說起自己的故事，龍捲風如何將她吹到奧茲國，她如何找到同伴，以及他們共同經歷的奇異冒險。

「現在我最大的願望，」她補充，「就是回去堪薩斯，艾姆嬸嬸肯定以為我發生了可怕的意外，那樣她會為我服喪而穿喪服；除非今年的穀物收成比去年好，不然亨利叔叔肯定負擔不起。」

葛琳達傾身親吻這位可愛小女孩仰起的甜美臉龐。

「祝福妳，善良的孩子。」她說，「相信我，一定能找到送妳回去堪薩斯的方法。」她接著又說：「但是呢，妳得把那頂金帽交給我。」

「沒問題！」桃樂絲興奮地說，「它現在對我來說已經沒有用處了，擁有它妳可以召喚長翼飛猴三次。」

「我想，我正好也只需要牠們幫我三次。」葛琳達語帶笑意。

　　桃樂絲將金帽遞給她。接著女巫問稻草人：「桃樂絲離開後，你打算做什麼？」

　　「我會回去翡翠城。」他回答，「因為奧茲要我繼任統治那裡，而且人們也很喜歡我。唯一擔心的是，我該如何翻越槌頭人的山丘。」

　　「有了金帽，我將命令飛猴帶你回到翡翠城。」葛琳達說，「翡翠城失去這麼出色的領導者是件非常可惜的事。」

　　「我真的有那麼傑出嗎？」稻草人問。

　　「你非比尋常。」葛琳達回答。

　　她接著又問錫樵夫：「桃樂絲離開後，你有什麼打算呢？」

　　他靠在斧頭上想了一下說：「溫基人很喜歡我，他們希望我可以接替死去的邪惡女巫管轄那裡。我很喜歡溫基人，若能再回去西方之地，我非常樂意治理那片領土。」

　　「那麼我交給飛猴的第二項任務，」葛琳達說，「是將你安全地送到溫基人的領地。你的腦袋或許看起來沒有稻草人的大，但你卻更加睿智，只要你好好地打磨，我確定你會將溫基人治理得很好。」

　　最後，女巫看著龐大且毛絨絨的獅子問：「桃樂絲回家後，你打算去哪裡呢？」

　　「在槌頭人守護的山丘之後，」他回答，「有一片古老的森林，那裡的野獸稱我為王。只要回到那片森林，我一定能過得很開心很幸

福。」

「那麼我給飛猴的第三個指令，」葛琳達聽了之後說，「就是將你帶回那片森林。而且在用完了金帽的法力之後，我會將它歸還給猴王，牠和牠的同伴們就永遠自由了。」

稻草人、錫樵夫和獅子由衷地感謝善良女巫的仁慈。桃樂絲說：「您真的是既美麗又善良！但您還沒說怎麼送我回堪薩斯呢！」

「妳腳上的銀鞋會帶妳越過沙漠。」葛琳達回應。「如果妳早一點知道這雙銀鞋的魔

力，在來到這個國度的第一天，就能回去艾姆嬸嬸身邊了。」

「那樣我就沒有這麼優秀的腦袋了！」稻草人哀嚎，「我可能就在農夫的玉米田度過一輩子了。」

「那樣我就拿不到這麼美好的心了。」錫樵夫接話，「我可能得在樹林裡鏽跡斑斑地站著，直到世界末日。」

「那我可能會一直是個膽小鬼。」獅子說，「森林裡的野獸就不會好聲好氣的跟我說話。」

「沒錯，」桃樂絲說，「我很高興幫助到這些好朋友。但現在每個人都達成心願了，也都很開心能統治各自的王國，我想我該回去堪薩斯了。」

「這雙銀鞋，」善良女巫說，「擁有無比強大的法力。其中最神奇的事情之一，就是可以在三步之內帶妳抵達任何地方，而每一步只需要一眨眼的時間。妳只需要連續敲鞋跟三下，同時命令鞋子帶妳去就可以了。」

「這樣的話，」女孩高興地說，「我要它們立刻帶我回去堪薩斯。」

桃樂絲張開雙臂摟住膽小獅的脖子親了親對方，又溫柔地拍拍那大大的腦袋。然後她親吻錫樵夫，他忍不住啜泣，完全不顧淚水會讓關節生鏽。她又擁抱稻草人那塞滿稻草的柔軟身體，但沒有親吻那張畫上去的臉。桃樂絲也難過極了，因為令人心碎的告別而傷心落淚。

善良的葛琳達走下紅寶石王座，給小女孩一個臨別的吻，桃樂絲真誠地感謝她為自己以及朋友們所做的一切。

她鄭重地抱起托托，最後一次道別後，她敲響鞋跟三次，說道：

「帶我回家，回到艾姆嬸嬸身邊！」

剎那間，她旋轉著飛向空中，速度極快，她只能看到或感受到強風從耳邊呼嘯而過。

銀鞋只走了三步就突然停下來，桃樂絲沒有防備，在草地上翻滾了好幾圈，不知道自己身在何方。

最後她坐起身環顧四周。

「天哪！」她脫口大叫。

因為她正坐在遼闊的堪薩斯草原上，眼前是亨利叔叔在龍捲風過後新打造的農舍。他正在農場裡擠牛奶，托托掙開桃樂絲的懷抱，興奮地奔向農場，一邊大聲汪汪叫。

桃樂絲站了起來，發現腳上只穿著襪子。那雙銀鞋在飛行中掉落在沙漠裡，永遠地遺失了。

返家

艾姆嬸嬸剛從屋子裡出來給卷心菜澆水，一抬頭就看到桃樂絲向她跑來。

「我親愛的孩子啊！」她哭喊著把小女孩擁入懷中，不停親吻她的臉。

「妳究竟去哪裡了啊？」

「奧茲國。」桃樂絲正經八百地回答。「托托也是。噢，艾姆嬸嬸！回到家真是太高興了！」

/ 繪 者 的 話 /

水彩拼貼多媒材創作
打造超現實故事背景

金鼎獎插畫家

南君

　　《綠野仙蹤》是由李曼·法蘭克·鮑姆於 1900 年首次出版的作品，至今已經問世超過 123 年，仍然被視為童書文學的經典之一，並持續吸引著無數新一代的讀者。

　　在這次的創作過程中，嘗試了一些不同的創新方式，其中之一是運用拼貼效果。

　　通過剪貼不同的紙張和材料，試圖打造一個超現實的故事背景。

　　此外，還選擇使用有厚度的紙板，打破畫面的平面感，使畫面更立體。這種立體感的呈現想讓讀者能夠感受到物體的重量與遠近，並更深入地探索每個頁面的細節，仿佛身臨其境，融入綠野仙蹤的神奇世界。

　　這樣的創作方式也希望能為這本已經超過 123 年的「老故事」，為新、舊一代的讀者注入全新的角度與面貌。

綠野仙蹤
The Wonderful Wizard of OZ

作者｜李曼·法蘭克·鮑姆
譯者｜蕭季瑄
繪者｜南君

責任編輯｜林祐萱
美術設計｜耶麗米工作室

出　　版｜有樂文創事業有限公司
副總編輯｜林祐萱
地　　址｜104027 台北市中山區中山北路三段 36 巷 10 號 4 樓
網　　址｜https://www.facebook.com/ule.delight
電子信箱｜ule.delight@gmail.com
電　　話｜（02）2516-6892
傳　　真｜（02）2516-6891

發　　行｜遠足文化事業股份有限公司（讀書共和國出版集團）
地　　址｜231023 新北市新店區民權路 108-2 號 9 樓
電　　話｜（02）2218-1417
傳　　真｜（02）2218-1142
電子信箱｜service@bookrep.com.tw
郵政帳號｜19504465（戶名：遠足文化事業股份有限公司）
客服電話｜0800-221-029 團體訂購｜02-22181717 分機 1124
網　　址｜www.bookrep.com.tw

法律顧問｜華洋法律事務所／蘇文生律師
印　　製｜通南彩印股份有限公司

定　　價｜540 元
初版一刷｜2024 年 4 月

ＩＳＢＮ｜9786269830534（平裝）
ＩＳＢＮ｜9786269830541（PDF）
ＩＳＢＮ｜9786269830558（EPUB）

國家圖書館出版品預行編目 (CIP) 資料

綠野仙蹤 / 李曼 . 法蘭克 . 鮑姆 (Lyman Frank Baum) 著；
南君插圖；蕭季瑄譯 . -- 初版 . -- 臺北市：
有樂文創事業有限公司出版；新北市：
遠足文化事業股份有限公司發行 , 2024.04
面；　公分

譯自 : The Wonderful Wizard of OZ
ISBN 978-626-98305-3-4(平裝)

874.596　　113003351